中華古籍保護計劃

ZHONG HUA GU JI BAO HU JI HUA CHENG GUO

·成果·

(元)王德信 撰

容與堂本西廂記

國家圖書館出版社

圖書在版編目(CIP)數據

容與堂本西廂記 / (元) 王德信撰.—北京:國家圖書館出版社,2022.1

(國學基本典籍叢刊)

ISBN 978-7-5013-6026-0

Ⅰ.①容… Ⅱ.①王… Ⅲ.①雜劇—劇本—中國—元代 Ⅳ.①I237.1

中國版本圖書館 CIP 數據核字(2016)第 325739 號

書　　名　容與堂本西廂記
著　　者　(元)王德信 撰
責任編輯　南江濤　王亞宏　苗文葉
助理編輯　王　哲
封面設計　徐新狀

出版發行　國家圖書館出版社(北京市西城區文津街7號　100034)
(原書目文獻出版社　北京圖書館出版社)
010-66114536　63802249　nlcpress@nlc.cn(郵購)
網　　址　http://www.nlcpress.com
印　　裝　北京市通州興龍印刷廠
版次印次　2022年1月第1版　2022年1月第1次印刷

開　　本　880×1230　1/32
印　　張　10
書　　號　ISBN 978-7-5013-6026-0
定　　價　30.00 圓

《國學基本典籍叢刊》編委會

《國學基本典籍叢刊》前言

國家圖書館出版社（原書目文獻出版社 北京圖書館出版社）成立三十多年來，出版了大量的中國傳統文化典籍。由於這些典籍的出版往往采用叢書的方式或綫裝形式，供公共圖書館和大學圖書館典藏使用，普通讀者因價格較高、部頭較大，不易購買使用。爲弘揚優秀傳統文化，滿足廣大普通讀者的需求，現將經、史、子、集各部的常用典籍，選擇善本，分輯陸續出版單行本。每書之前均加簡要説明，必要者加編目録和索引，總名《國學基本典籍叢刊》。歡迎讀者提出寶貴意見和建議，以使這項工作逐步完善。

編委會

二〇一六年四月

序言

元代偉大的劇作家王實甫於元成宗元貞、大德年間（一二九五—一三〇七）創作完成雜劇《西廂記》，突破了元人雜劇『四折一楔子』的常規，篇幅長達五本二十一折，成爲元雜劇的特例。該劇演叙的是發生在蒲東（今山西永濟縣）普救寺中的一段感人的愛情故事：青年書生張君瑞與相國小姐崔鶯鶯在佛殿相遇，進而互生情愫，相思相愛。但在專制時代，張生與鶯鶯的自由戀情不見容於當時的禮法制度，因而遭到鶯鶯母親——老夫人的極力反對，後在侍女紅娘的幫助下，最終衝破重重阻礙，二人得以美滿結合。

王實甫，名德信，字實甫，以字行。元大都（今北京）人，生平行誼不詳。據《中原音韻》《録鬼簿》等文獻記載，王實甫當爲元代前期作家，與元代另一偉大的劇作家關漢卿係同時代人。他通過《西廂記》向世人傳達了『願普天下有情的都成了眷屬』這一願景，影響了後世一代又一代讀者。儘管專制社會的衛道者將《西廂記》視爲洪水猛獸，告誡人們『《西廂》誨淫』，對它予以禁毁，但仍阻擋不了它的廣泛傳播。喜愛它的人們也從不吝惜贊美之詞，明初賈仲明稱譽道：『新雜劇，舊傳奇，《西廂記》天下奪魁。』明初的寧獻王朱權（一三七八—一四四八）將其比作『花間美人』。明嘉靖間的文壇領袖、『後七子』代表王世貞（一五二六—一五九〇）認爲『北曲故當以《西廂》壓卷』。明萬曆間的思想家李贄（一五二七—一六〇二）目《西廂記》爲『古今至文』，是『化工』之作。清初文學評論家金聖歎（一六〇八—一六六一）將《西廂記》與《莊子》、《離騷》、《史記》、『杜詩』、《水滸》并稱爲『六才子書』，《西廂記》更是『天地妙文』。明清以降，《西廂記》深受讀者愛戴，成爲了文學精品。近現代以來，《西廂記》還被翻譯成日、朝、俄、英、荷、法、德等國文字，獲得全世界讀者的青睞。總之，《西廂記》不僅是中國文學的經典，同時也是世界文學寶庫中一顆璀璨耀眼的明珠。

《西廂記》問世於元代，遺憾的是没有元代的文本留存，現存的明清刊本又面目各異，以致我們今天難以確定王實甫原作的面貌。明人甚至有意無意地將《西廂記》等同於當時長篇體制的傳奇，不少明刻本在形式上將《西廂記》傳奇化，將其分爲二十齣，把扮演張生的脚色行當稱作『生』。明崇禎間（一六二八—一六四四）汲古閣刊行的著名戲曲總集《六十種曲》，所收五十九種均爲南戲、傳奇，衹有《西廂記》一種是北雜劇。汲古閣主人毛晋（一五九九—一六五九）跟當時大多數人一樣，將《西廂記》視作傳奇作品。明清兩代，《西廂記》版本衆多。據統計，明代《西廂記》刊刻出版至少六十餘次，今存刊本五十多種；清代，僅金聖歎『第六才子書』就有近百種刊本。可見在當時，《西廂記》是實實在在的暢銷書。今知《西廂記》最早的文本是明初《永樂大典》所收《西廂記》鈔本，惜已佚。現存最早的《西廂記》是二十世紀七十年代末八十年代初在中國書店發現的《新編校正西廂記》殘頁，此『殘頁本』或爲明成化間（一四六五—一四八七）刻本。現存最早的完整的《西廂記》文本是明弘治戊午年（一四九八）金臺（今北京）岳家刊行的《新刊大字魁本全相參增奇妙注釋西廂記》，此書係孤本，二十世紀四十年代末在山東濟南被書商發現并收購，一九五〇年轉售燕京大學圖書館，成爲該校的鎮館『三寶』之一，今歸北京大學圖書館珍藏。

現存五十餘種《西廂記》明刊本大致可分爲碧筠齋古本系統、『題評音釋』本系統、『重校北西廂記』系統、『時本』系統等四大系統。碧筠齋古本系統以批點畫意本、王驥德校注本爲代表，以其皆源於明嘉靖二十二年（一五四三）的碧筠齋本（今佚），故名。『題評音釋』本系統以徐士範刊本爲代表，因該系統版本書名均作《重刻元本題評音釋西廂記》，故名。『重校北西廂記』系統因其代表爲明萬曆二十六年（一五九八）秣陵繼志齋所刊《重校北西廂記》得名。『時本』系統的代表爲明萬曆三十八年（一六一〇）刊行的容與堂刊本及起鳳館刊本，以該系統的版本均刊行於萬曆後期或崇禎間，且數量不少，似在當時甚爲流行，故稱。

『時本』系統中的容與堂刊本，全稱《李卓吾先生批評北西廂記》，明萬曆庚戌年（一六一〇）夏虎林（今杭州）容與堂刊行。此書今藏國家圖書館（殘，索書號：12420）、上海圖書館（殘，索書號：859683－84）、中國社會科學院文學研究所（存上卷，索書號：853.557/1035－03）三地，均非全本，即使合三地藏本也難得全璧。國家圖書館藏本上卷缺目録及插圖（置於上卷卷首）、最後一頁（鐫第十齣最後一條總批），下卷缺卷首第二頁（鐫第一幅圖後半及第二幅圖前半）、第三十九頁至下卷終（鐫第十九齣【絡絲娘】曲至劇終），下卷卷末附録《會真記》缺『於床，生因驚之』以前的內容。上海圖書館藏本上下卷及卷首均無圖，可能被愛圖者割去，上下卷目録也缺失，今目録爲後人鈔配，下卷第三十六頁之後內容及卷末附録《會真記》也係後人鈔配。所幸上海圖書館另有一部翻刻本（索書號：T340306－07），首尾完整無缺，在一定程度上可彌補容與堂刊本殘缺之憾。惟翻刻者對書中眉批、旁批、文中批等偶有更改，加之上卷被某收藏者以墨筆旁校金聖歎《第六才子書》異文，影響閱讀，爲美中之不足。

晚明時期，書林盛行評點之風，此時書商刊刻的戲曲、小説等通俗書籍多托名李卓吾、陳眉公、湯顯祖、魏仲雪、孫鑛等名家批點。容與堂刊本是晚明戲曲評點本的代表，也可以説是《西廂記》真正評點的開始。之前的徐士範刊本、繼志齋刊本等雖有眉批，但多爲曲詞注釋、典故説明，甚至還雜有注音，真正涉及評點的祇有一些賞鑒性評語，如『開卷便見情語』（徐眉）、『駢儷中景語』（徐眉）、『「宜嗔宜喜」與「半餉（晌）却方言」，描畫神手』（徐眉）、『「秋波」一句是一部《西廂》關竅』（徐眉、繼眉）、『「近庭軒」數語，情中點景，緊處着慢』（繼眉）、『《西廂》詞多用「兒」字，於情近，於事諧，故是當家』（徐眉）等。至容與堂刊本，評點者的評語已涉及作品的人物性格、人物塑造、情節結構、語言等，可謂全方位對《西廂記》展開評論。評點的形式則不再像之前刊本僅限於眉批，而是採取眉批、旁批、文中批、齣後總批等多種方式。評點語言力求通俗，不作高深之論。下面試舉數例，分別説明：（一）人物性格。『老夫人原大膽，和尚房裏可是往（住）的』（第一齣眉批）、『老婆子家教先不嚴了』（第一齣眉批），這兩則批語是針對老夫人上場白中介紹借普救寺西廂一座宅子安頓一家，以及讓紅娘帶鶯鶯小姐上佛殿散心的話語而發，均是在讀者不留意處發表其見解，先不説其觀點正確與否，客觀上則起到引導讀者對老夫人性格作出負面的評定。所謂先入爲主，開篇即有此評點，讀者對老夫人這一人物就難有好感了。像這種對人物性格作出的評點不少，如『張生也不是個俗人，賞鑒家！賞鑒家！』（第一齣總批）、『秀才出此一兩銀子，衹爲那個人耳。不然好不肉痛，安得有此大汗（方）？』（第二齣眉批）、『窮秀才專會算未來帳』（第二齣眉批），等等。（二）人物塑造。『曲白妙處，盡在紅口中摹索兩家，兩家反不有，實際神矣。』（第九齣總批），這裏用『摹索』一詞，點出了《西廂記》塑造人物的手法，不是直接描寫，而是通過他人之口間接塑造。第十齣總批之一再次評點『模索』之法，并以『神品』認定之。（三）情節結構。『凡秀才受用都在口裏説過，心上想過，於身邊并無半分也。觀此可見。』（第六齣眉批），第六齣寫紅娘請張生去赴宴，在紅娘走後，有一段描寫張生獨自想象到老夫人處與鶯鶯小姐成婚的情景。

評點者發現這一情節有趣，就與讀者分享其見解。這既是對一段張生想入非非情節的評點，也間接點出張生懦弱、耽於幻想的性格。『不得鄭恒來一攪，反覺得没興趣。』（第二十齣總批之一），這是對安排鄭恒在老夫人跟前搬弄是非，妄想騙婚這一情節在全劇中的妙處所作的評點。評點者獨具隻眼，妙評驚人。此外，眉批、旁批、文中批中隨處可見的『好關目』『關目好』等評點，都是對劇情的稱贊。（四）語言。對語言的評點，是當時戲曲、小説評點中最常見的。容與堂刊本也一樣傾心於評點《西廂記》的語言。除去眉批、旁批中常見的『妙』『妙妙』『畫』『畫畫』等空泛點評外，像『有餘不盡，無限妙處』（第一齣【賺煞】曲後批）、『如此等曲已如家常茶飯，不作意，不經心，信手拈來，無不是矣！我所以謂之化工也。』（第六齣【耍孩兒】曲眉批）、『白易直，《西廂》之白能婉；曲易婉，《西廂》之曲能直。所以不可及，所以不可及！』（第十齣總批之一）、『嘗讀短文字，却厭其多。一讀《西廂》曲，反反復復，重重叠叠，又嫌其少。何也？何也？』（第二十齣總批之一）等，都是對語言精到細緻的評點。總之，容與堂刊本的批評在晚明戲曲、小説的評點中影響較大，可以説是樹立了一個批評的典範。此書號稱『李卓吾先生批評』，當是書商的射利手段，學界一般認爲，批評出自葉晝之手。葉晝，字文通，生卒年不詳，晚明戲曲、小説評點家，托李贄之名評點《西廂記》《琵琶記》《拜月亭》《水滸傳》《西游記》等戲曲、小説作品。明天啓間（一六二一—一六二七）曾游汴梁，與人共倡海金社。容與堂在明萬曆三十八年（一六一〇）前後刊刻了系列的

『李卓吾先生批評』之戲曲、小説，除《西廂記》外，尚有《琵琶記》《玉合記》《幽閨記》《紅拂記》《忠義水滸傳》等。

今國家圖書館出版社將容與堂本《西廂記》選入《國學基本典籍叢刊》，將通俗的戲曲與傳統的經史子集并列，拓寬了國學的疆界，是嘉惠學林的美事。鑒於國内他館所藏容與堂刊本均殘損，故影印底本選擇了上海圖書館收藏的翻刻本，雖非盡善盡美，依然功莫大焉。

陳旭耀

二〇二二年元月於井岡山大學勤襲齋

目録

卷上

卷下

據上海圖書館藏明翻刻萬曆三十八年（一六一〇）容與堂刻本影印原書版框高十九點五厘米寬十三點六厘米

李卓吾先生批評北西廂記卷之上目錄

閒愁萬種無語
怨東風

雪浪拍長空天際
秋雲捲竹索纜浮
橋水上蒼·龍偃

寂寂僧房人
不到滿堦苔
襯落花紅

他相逢記不起
嬌模樣則索手
抵着牙兒漫〻
的想

西厢卷上
五

閒對西廂
皓月吟

半天風雨洒松精

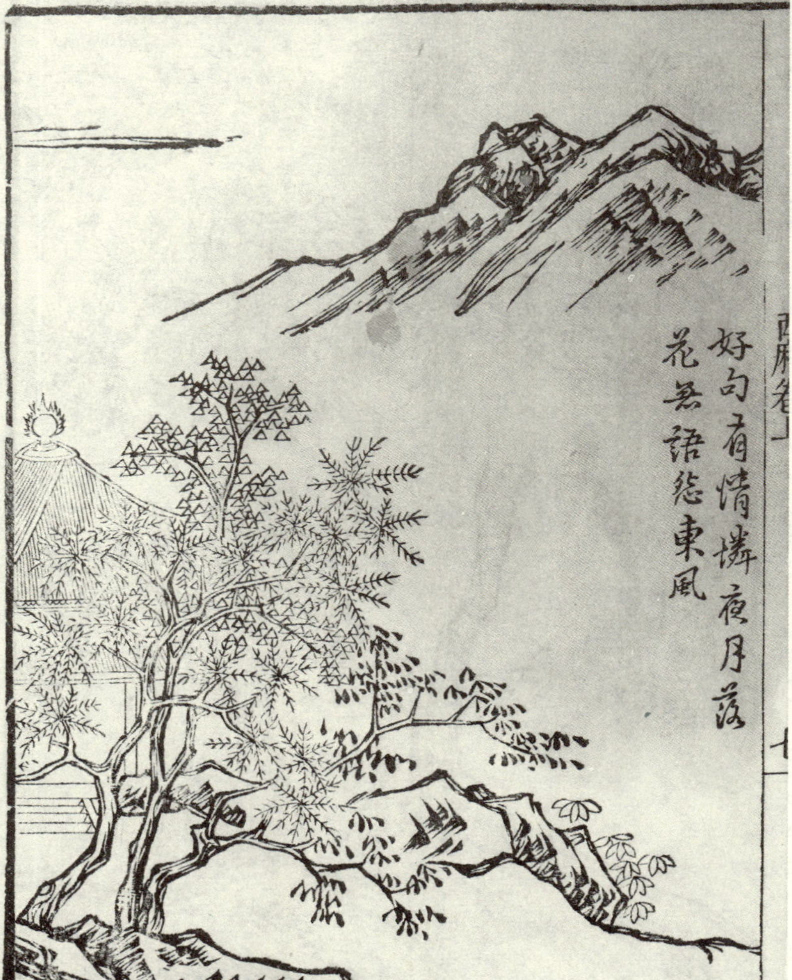
好句有情憐夜月落
花無語怨東風
西廂卷上
七

陳高洲
遮〻掩〻穿芳
徑料應小脚兒
難行

蝶粉輕
沾飛絮
雪燕泥
香惹落
花塵
西廂卷上

西厢卷上　七

既說秪生得這個小姐後面不合說歡郎是崔家後代子孫

李卓吾先生批評北西廂記卷之上

第一齣　佛殿奇逢

夫人鶯紅歡郎上云老身姓鄭夫主姓崔官拜前朝相國不幸因病告殂秪生得這個小姐小字鶯鶯年一十九歲針指女工詩詞書算無不能者老相公在日曾許下老身之姪乃鄭尚書之長子鄭恒爲妻因俺孩兒父喪未滿未得成合這小妮子是自幼伏侍孩兒的喚做紅娘這一個小厮兒喚做歡郎先夫棄世之後老身與女孩兒扶柩至博陵安葬因路途有阻不能得去來到河中府將這靈柩寄在普救寺內這寺是先夫相國修

老夫人原大胆和尚房裡可是往的、　因聖嘆定本改正　便有態　老婆子家教先

造的、是則天娘娘香火院、況兼法本長老、又是俺公公
剃度的、因此俺就這西廂下一座宅子安下、一壁寫書
附京師去、喚鄭恒來相扶回博陵去、我想先夫在日食
前方丈從者數百、今日至親則這三四口兒、好生傷感
人也呵、

〔賞花時〕〔夫人唱〕夫主京師祿命終、子母孤孀途路窮、〔因此
上〕旅櫬在梵王宮、盼不到博陵舊塚、血淚灑杜鵑紅、

〔么〕〔鶯唱〕可正是人值殘春蒲郡東、門掩重關蕭寺中、花落
水流紅、閒愁萬種、無語怨東風、

〔夫人云〕如今春間天道好生困人、紅娘、佛殿上沒人、燒

香呵和姐姐閒散心耍一遭去［並下］
［生引琴童上云］小生姓張名珙字君瑞本貫西洛人也
先人拜禮部尚書不幸五旬之上得病而逝後一年喪
毋小生書劍飄零風雲未遂遊於四方即今貞元十七
年二月上旬唐德宗即位欲往上朝取應路經河中府
過蒲關上有一故人姓杜名確字君實與小生同郡同
學曾爲八拜之交後棄文就武遂得武舉狀元官拜征
西大元帥統領十萬大軍鎮守着蒲關小生就訪哥哥
一遭然後往京師求進暗想小生螢窗雪案刮垢磨光
不獨你一個
學成滿腹文章尚在湖海飄零何日得遂大志也呵

如今姓張姓李的都如此

正是萬金寶劍藏秋水　滿馬春愁壓綉鞍

【黙絳脣】（生唱）遊藝中原，脚根無線如蓬轉。望眼連天，日近長安遠。

【混江龍】（生唱）向詩書經傳，蠹魚般似不出費鑽研。將棘圍守暖，把鐵硯磨穿。投至得雲路鵬程九萬里，先受了雪窗螢火二十年。才高難入俗人機，時乖不遂男兒願。空雕蟲（怕你不）篆刻，綴斷簡殘編。

行路之間，早到黃河這邊，你看好形勢也呵。

【油葫蘆】（生唱）九曲風濤何處顯（險），則除是此地偏。這河帶齊梁，分秦晉，隘幽燕。雪浪拍長空，天際秋雲捲；竹索纜浮橋，水上蒼龍偃；東西潰九州，南北串百川。歸舟緊不緊如何

見却似弩箭乍離絃

天下樂生唱只疑是銀河落九天淵泉雲外懸入東洋不離此逕穿滋洛陽千種花潤梁園萬項田也曾泛浮槎到日月邊

生云說話間早到城中這里一座店兒琴童接了馬者店小二哥那里小二上云自家是這狀元店里小二哥官人要下呵俺這里有乾淨店房生云頭房里下先撒和那馬者小二哥你來我問你這里有甚麼閒散心處宮觀寺院勝境福地皆可小二云俺這里有座寺名曰普救寺是則天皇后香火院蓋造非俗琉璃殿相近青

霄舍利塔直侵雲漢南來北往三教九流過者無不瞻
仰則除那里可以君子游翫【生云】琴童料持下晌午飯
俺到那里走一遭便回來也【下】【琴童云】安排下飯等着（理會得）
哥哥回來【下】【法聰上云】小僧法聰是這普救寺法本長
老座下弟子今日師父赴齋去了着我在寺中但有探
望長老的便記着待師父回來報知山門下立地看有
甚麼人來【生上云】却早來到也【生見法聰聰云】客官（先生）從
何來【生云】小生西洛至此聞上刹清爽幽雅一來瞻仰
佛像二來拜謁長老敢問長老在麼【聰云】俺師父不在
寺中小僧是弟子法聰的便是請先生方丈吃茶【生云】

既然長老不在呵、不必吃茶、敢煩和尚相引瞻仰一遭、幸甚（聰云）〔理会得、〕小僧取鑰匙開了佛殿鐘樓塔院羅漢堂香積廚盤桓一會師父敢待回來也（生看佛殿科）（生云）是盖造得好也呵、

【節節高】隨喜了上方佛殿、早來到下方僧院、行過廚房近西法堂北、鐘樓前面、遊了洞房、登了寶塔、把迴廊繞遍、數了羅漢、參了菩薩、拜了聖賢、〔那里好好坐閣大院子。待小生一發隨喜去。〕（鶯鶯紅娘撚花枝上）（鶯云）紅娘俺去佛殿上耍去來、〔聰云去不得。東頭便是崔相國住宅。〕（生撞見鶯科）呀、正撞着五百年風流業寃、

【元和令】（生唱）顛不刺的見了萬千、似這般可喜娘龐兒罕

好

冷絕妙 絕要死 要死

好

妙

曾見引的人眼花撩亂口難言魂靈兒飛在半天他那里儘人調戲嚲着香肩只將花笑撚

【上馬嬌】生唱這的是兜率宮休猜做離恨天呀誰想這寺裡遇神仙我見他宜嗔宜喜春風面偏宜貼翠花鈿

【勝葫蘆】生唱則見他宮樣眉兒新月偃侵入鬢雲邊 鶯云紅娘你覷

寂寂僧房人不到　滿堦苔襯落花紅

生云我死也是个人 生唱未語人前先腼腆櫻桃紅綻玉粳白露半晌恰方言

鶯之云紅娘我看母親去

么 生唱恰似嚦嚦鶯聲花外囀行一步可人憐解舞腰肢

嬌又軟千般嫋娜萬般旖旎似垂柳晚風前

紅云姐姐那壁有人咱家去來鶯回顧覷生科生云和尚恰怎麼觀音現來聰云休胡說這是河中開府崔相國的小姐生云世間有此等之女豈非天姿國色乎休說那模樣兒則那一雙小脚兒奚啻百鎰之金聰云偌遠地他在那壁你在這壁繫着長裙兒你便怎知他小脚兒生云你問我怎便知您覷

后庭花若不是襯殘紅芳徑軟怎顯得這步香塵底樣兒淺且休題眼角留情處則這脚蹤兒將心事傳慢俄延投至到櫳門兒前面剛那了一步遠剛剛的打箇照面風魔

妙妙

了張解元似神仙歸洞天，空餘下楊柳烟，只聞得鳥雀喧。

【柳葉兒】（生云）呀，門掩着梨花深院，粉墻兒高似青天。恨天不與人行方便，好着我難消遣，端的是怎留連。小姐呵，則被你兀的不引了人意馬心猿。

（聰云）休惹事，河中開府小姐去遠了也。（生云）未去遠哩。

【寄生艸】（生唱）蘭麝香仍還在，玉珮環聲漸遠，東風搖曳垂楊線，遊絲牽惹桃花片，珠簾掩映芙蓉面。你道是河中開府相公家，我道是南海水月觀音現。（生云）

十年不識君王面，　恰信嬋娟解悟人。

（生云）小生不往京師去也罷。（又對聰云）敢煩和尚對長

老說有僧房借半間早晚可以溫習些經史勝如旅邸內冗雜房金依例酧納小生明日必自來也

【賺煞】（生唱）餓眼望將穿饞口涎空嚥空着我透骨髓相思病滲怎當他臨去秋波那一轉休道是小生便是鉄石人也意惹情牽近庭軒花柳爭妍日午當庭塔影圓春光在眼前爭奈玉人不見將一座梵王宮疑是武陵源（下）○有餘不盡無限妙處

總批 張生也不是個俗人賞鑒家賞鑒家

第二齣 僧房假寓

（夫人上云）自前日長老來將錢去與老相公做好事不

自有人來犯他們

見來回話道與紅娘傳着我的言語去問長老幾時好與老相公做好事就着他辦置齋供的當了來回話者下法本上云貧僧法本在這普救寺內做長老此寺是則天皇后蓋造的貧僧乃相國崔珏的令尊剃度的此寺年深崩損又是相國修造的不料相國仙逝如今老夫人將着家眷扶柩回博陵去路阻難行夫人惡市塵冗雜因借此西廂下居住待路通收拾回博陵遷葬那夫人處事溫儉治家有方是是非非人莫敢犯夜來老僧赴齋不知曾有人來探望老僧否喚聰問科聰云夜來有一秀才自西洛而來特謁我師不遇而去本云山

看雖飽然到底不能救饑

妙妙

画画

門外覷着倘再來時報我知道〔生上云〕自夜來見了那小姐着小生一夜無眠若非法聰和尚呵那小姐到有顧盼之意今日去問長老借一間僧房早晚温習些經史若遇小姐出來呵飽看一會兒

〔粉蝶兒〕〔生唱〕不做周方埋怨殺你箇法聰和尚借與我半間兒客舍僧房與我那可憎才居止處門兒相向雖不能勾竊玉偷香且將這盼行雲眼睛打當

〔醉春風〕〔生唱〕往常時見傅粉的委實羞畫眉的敢是謊今日呵一見了有情娘着小生心兒裡痒痒迤逗得腸荒斷送的眼亂引惹得心忙

（伽 具牙切 音茄）

〔生見聽科〕〔聽云〕師父正望先生來哩小僧報覆去（小僧不解先生話也師父久待）（通）〔本見

〔生道請科〕〔生云〕是好一個和尚呵

〔迎仙客〕〔生唱〕我則（只）見頭似雪鬢如霜面如童少年得內養貌堂堂聲朗朗頭直上只少一箇圓光恰便似捏塑來的僧伽像

〔本云〕請先生方丈內相見夜來老僧不在有失迎迓望先生恕罪〔生云〕小生久聞和尚清譽特來座下聽講不期昨日不得相遇今能（待）一見是三生有幸矣〔本云〕不敢敢問先生世家何郡高姓大名因甚至此〔生云〕小生姓張名珙字君瑞 西洛人氏上京應舉經過此處

石榴花（生唱）大師一一問行藏小生仔細訴衷腸自來西洛是吾鄉宦遊在四方寄居咸陽先人授禮部尚書多名望五旬上因病身亡（本云）老相公棄世必有所遺平生正直無偏向止留下四海一空囊

（本云）老相公在官時可也渾俗和光麼

鬭鵪鶉（生唱）俺先人甚的是渾俗和光衠一味風清月朗

（本云）先生此一行必爲上朝取應（生唱）小生無意去求官有心待聽講（生云）小生特謁和尚奈路途奔馳無以相饋（生唱）量着窮秀才人情則是紙半張又沒甚七青八黄儘着你説短論長一任待掂斤播兩

掂丁兼切，点平声；播補过切，波去声

秀才出此一兩銀子只為那个人耳不然好不肉痛安得有此大汗

他不說上自家倒說上你痴痴

(生云)小生聊具白金一兩與常住公用權表寸心望哂留是幸(本云)先生客中何故如此

上小樓(生唱)小生特來見訪大師何須謙讓(本云)貧僧决不敢受(生云)物鮮不足辭但充講下一茶耳(生唱)這錢也難買柴薪不殼齋粮且備茶湯(生覷聰云)這一兩銀未爲厚禮(生唱)你若有主張對艷粧將言詞說上我將你衆和尚死生難忘(本云)先生必有所命(生云)小生不揣有懇因惡旅邸繁冗難以温習經史欲問我師求假一室且得晨昏聽講房金任意奉納(本云)敝寺頗有數間房從先生揀選

妙

老和尚到着上小張了

你後來看他輕狂

么【生唱】也不要香積廚。枯木堂。遠着南軒。離着東墻。靠着西廂。近主廊。過耳房。都皆停當【本云】便不呵。就與老僧同榻何如【生笑云】要你怎麼【生唱】你是必休題着長老方丈【紅上云】老夫人着俺問長老幾時好與老相公做好事看得停當了回話須索走一遭【紅見本科】【紅云】長老萬福夫人使侍妾來問幾時可與老相公做好事着看的停當了回話【生背云】好個女子也呵

脫布衫【生唱】大人家舉止端詳全沒那半點兒輕狂太師行深深拜了啓朱唇語言的當

小梁州【生唱】可喜娘的龐兒淺淡粧穿一套縞素衣裳胡

窮秀才事会算未來帳

伶㳙老不尋常。偷睛望眼。挫裏抹張郎。
么若共他多情小姐同鴛帳。怎捨得他疊被鋪床。將小姐
我不教保
央夫人央他不令許放我親自寫與從良。本云二月十五
日可與老相公做好事。紅云妾與長老同至佛殿上看
停當了却回夫人話。本云先生少坐老僧同小娘子看
一遭便來。生云何故却小生便同行一遭何如。本云便
同行。生云着小娘子先行。俺近後些。本云一個有道理
假志誠
的秀才。生云小生有一句話敢道麼。本云便道不妨

不合使䛕

快活三生唱崔家女艷粧。莫不是演撒你個老潔郎。既不
沙却怎睃趂着你頭上放毫光打扮的特來晃。

多疑然亦不得不疑

本云先生是何言語早是那小娘子不聽得哩若知呵

是甚麼意思紅入佛殿科

朝天子生唱過得主廊引入洞房好事從天降生云我與

你看着門兒你進去本怒云先生此非先王之言行豈

不爲得罪於聖人之門乎老僧偌大年紀焉有此等妄

念生唱好模好樣忒莽撞生云沒則囉便罷生唱煩惱

怎麼耶唐三藏生云怪不得小生疑你生唱偌大一個宅

司可怎生別沒個兒郎使梅香來說勾當本云元來先生

不知那老夫人治家嚴肅內外並無一個男子出入生云

背云這禿廝巧說生唱你在我行口强硬抵着頭皮撞本

那得這副淚來

有此段至誠言語前面一發不該戲了

對紅云這齋供道場都完備了十五日請夫人小姐拈香【生云】何故【本云】這是崔相國小姐至孝爲報父母之恩又值老相公禫服之際所以做好事【生哀哭科】哀哀父母生我劬勞欲報深恩昊天罔極小姐是一女子尚然有報父母之心小生湖海飄零數年自父母去世之後並不曾有一陌紙錢相報望和尚慈悲爲本小生亦備錢五千怎生帶得一分兒齋追薦俺父母少盡人子之心便夫人知料也不妨【本云】法聰與這先生帶一分者【生背問法聰云】那小姐明日可來麼【聰云】他父母的勾當如何不來【生背云】這五千錢使得着也○與聰戲可與本

不遣別人特遣貼身的使家來問日期本对紅娘表十五日是佛受供日請夫人小姐拈香

妙妙

老面皮

戲不可

四邊靜（生唱）人間天上看鶯鶯強如做道場軟玉溫香休道是相親傍若能勾蕩他一蕩到與人消災障（本云）都到方丈吃茶（到方丈科）（生云）小生更衣咱生先出方丈科（生云）那小娘子一定出來也我則在這里等待問他咱（紅辭本科）（紅云）我不吃茶了恐夫人怪去遲去回話也（紅出生揖迎科）（生云）小娘子拜揖（紅云）先生萬福（生云）小娘子莫非鶯鶯小姐的侍妾麼（紅云）我便是何勞先生動問（生云）小生姓張名珙字君瑞本貫西洛人也年方二十三歲正月十七日子時建生並不曾娶妻（紅云）

紅娘也講道學

誰問你來生云敢問小姐常出來麽。紅怒云噫先生是讀書君子孟子曰男女授受不親禮也又不聞瓜田不納履李下不整冠道不得個非禮勿視非禮勿聽非禮勿言非禮勿動俺老夫人治家嚴肅有冰霜之操内無應門五尺之童年至十二三者非喚不敢輒入中堂向日小姐潛出閨房老夫人知之召立小姐于庭下你爲女子不告而出閨門倘遇遊客遊僧私窺之豈不自耻小姐立謝而言曰今當改過從新不敢再犯是他親女尚然如此何况以下侍妾乎先生習先王之道遵周公之禮不干己事何故用心早是妾身可以容恕若夫人

雖

凛若

絶無承當何得如此

妙妙

知有此語，決無干休、今後得問的問、不得問的休胡說、

【下】〇大小口里講得停當的身上做得決不停當如紅爲老馬泊六精撮合山不在他時則在此時已定之美道學先生也紅娘也紅娘也道學先生也【生云】這相思索害也、

【哨遍】【生唱】聽說罷。心懷悒怏。把一天愁都撮在眉尖上。說夫人潔操凜冰霜。不召呼。誰敢輒入中堂。自思想。比及你心兒里畏懼老母親威嚴。小姐呵你不合臨去也回頭望待颺下、教人怎颺。赤緊的情沾了肺腑。意惹了肝腸。若今生難得有情人。則除是前世燒了斷頭香。我得時節。手掌兒里奇擎。心坎兒上溫存、眼皮兒上供養、

【耍孩兒】【生唱】當初那巫山遠隔如天樣、聽說罷又在巫山

那廂業身軀雖是立在廻廊、魂靈兒已在他行本待要安排心事傳幽客我則怕泄漏春光與乃堂夫人怕女孩兒春心蕩怪黃鶯兒作對怨粉蝶兒成雙

【五煞】生唱小姐年紀小性兒剛張郎倘得相親傍乍相逢厭見何郎粉看邂逅偷將韓壽香纔到是未得風流況成就了會温存的嬌壻怕甚麽能拘束的親娘

【四煞】生唱夫人忒慮過小生豈妄想郎才女貌合相訪休直待眉兒淡了思張敞春色飄零憶阮郎非是咱自誇獎他有德言工貌小生有恭儉温良

【三煞】生唱想着他眉兒淺淺描臉兒淡淡粧粉香膩玉搓

妙

胸兒翠裙鴛繡金蓮小紅袖鸞綃玉笋長。不想呵其實是強你撇下半天風韻我拾得萬種思量（生云）却忘了辭長老（生見本科）（生云）小生敢問長老房舍如何（本云）塔院側邊西廂一間房甚是瀟洒正可先生安下見收拾下了隨先生早晚來（生云）小生便回店中搬去（本云）吃齋了去（生云）長老收拾下齋小生取行李便來（本云）既然如此老僧准備下齋先生是必便來（本下）（生云）若在店中人鬧到可消遣搬至寺中幽靜處怎麽捱這凄涼也

妙

呵

【二煞】（生唱）院宇深。枕簟涼。一燈孤影搖書幌。縱然酧得今

西廂記　卷之二

生志着甚支吾此夜長睡不着如翻掌少可有一萬聲長吁短嘆五千遍倒枕搥床

妙妙

尾聲嬌羞花解語溫柔玉有香我和他乍相逢記不盡嬌模樣則索手抵着牙兒漫漫的想（下）

揔批無端一見瞥爾生情便打下許多預先帳却是無謂却是可咲秀才們窮饞餓想種種如此到底做上了所謂有志者事竟成也

第三齣 墻角聯吟

鶯上云老夫人使紅娘問長老去了這小賤人怎麼不來我行回話紅上云回夫人話了去回小姐話去鶯云

使你問長老幾時做好事、如何不來回我〔紅云〕恰回夫
人話也正待回姐姐話二月十五日請姐姐夫人拈香、
〔紅笑云〕姐姐我對你說一件好笑的勾當咱前日寺里
見的那秀才今日也在方丈里、他先出門兒外等着紅
娘深深唱个偌道小生姓張名珙字君瑞本貫西洛人
也年二十三歲正月十七日子時建生並不曾娶妻姐
姐却是誰問他來他又問小娘子莫非鶯鶯小姐的侍
妾乎小姐常出來麼被紅娘搶白了一頓呵回來了姐
姐我不知他想甚麼哩世上有這等傻角〔鶯笑云〕紅娘
休對夫人說天色晚也安排着香卓將花園內燒香去

來並下生上云撇至寺中正近西廂居址我問和尚道
小姐每夜花園內燒香這個花園和俺這寓中合着比
及小姐出來我先在太湖石畔墻角兒頭等待他出來
呵飽看一會兩廊僧衆都睡着了夜深人靜月朗風清（却不是好且書）
是好天氣也呵

閒尋方丈高僧語　悶對西廂皓月吟

畫

【鬬鵪鶉】（生唱）玉宇無塵銀河瀉影月色橫空花陰滿庭羅
袂生寒芳心自警側着耳朵兒聽躡着腳步兒行悄悄冥
冥潛潛等等

妙妙

【紫花兒序】（生唱）等待那齊齊整整嫋嫋婷婷姐姐鶯鶯一

餓極了

幺

更之後萬籟無聲直至鶯庭若是迴廊下沒揣的見俺可憎將他來緊緊的摟定則問你那會少離多有影無形鶯

上云紅娘開了角門兒將香桌出來者

金蕉葉生唱猛聽得角門兒呀的一聲風過處花香細生踮着脚尖兒仔細定睛比我那初見時龐兒越整鶯云紅娘移香卓近太胡石放者生看鶯科生云料想春嬌厭拘束等閒飛出廣寒宮看他容分一臉體露半襟嚲香袖以無言垂湘裙而不語似湘陵妃子斜倚舜廟朱扉如月殿姮娥微現蟾宮素影是好女子也呵

調笑令生唱我這裏甫能見娉婷比着那月殿嫦娥也不

好。 閑。月。好。 妙。 妙。妙。

恁般撐遮遮掩掩穿芳徑料應那小脚兒難行可喜娘的臉兒百媚生兀的不引了人魂靈〔鶯云〕將香來〔生云〕且聽小姐祝告甚麽〔鶯云〕此一炷香願化去先人早生天界此一炷香願堂中老母身安無事此一炷香〔做不語科〕〔紅云〕姐姐不祝這一炷香我替小姐禱告願俺姐姐早嫁一個姐夫拖帶紅娘咱〔鶯添香拜云〕心間無限傷心事盡在深深兩拜中〔鶯長吁科〕〔生云〕小姐倚闌長嘆似有動情之意

〔小桃紅〕〔生唱〕夜深香靄散空庭簾幙東風靜拜罷也斜將曲檻凭長吁了兩三聲剔團圞明月如懸鏡又不是輕雲

薄霧都則是香烟人氣兩般兒氤氳得不分明〔生云〕我雖不
及司馬相如、我則看小姐頗有文君之意、試高歌一絕
看他說甚的、
月色溶溶夜、花陰寂寂春、
如何臨皓魄、不見月中人、
〔鶯云〕有人在墻角吟詩〔紅云〕這聲音便是那二十三歲
不曾娶妻的那傻角〔鶯云〕好清新之詩、我依韵和一首、
〔紅云〕您兩箇是好做一首兒〔鶯和云〕
蘭閨久寂寞、無事度芳春、
料得行吟者、應憐長歎人、

妙。妙妙。　妙。　好。關目。

(生云)好應酬得快也呵

(禿厮兒)(生唱)早是那臉兒上撲堆着可憎那更堪心兒裏埋沒着聰明他把那新詩和得忒應聲一字字訴眞情堪聽

(聖藥王)那語句淸音律亞小名兒不枉了喚做鶯鶯他若是共小生厮覷定隔墻兒酬和到天明方信道惺惺的自古惜惺惺(生云)我撞出去看他說甚麽

(麻郎兒)(生唱)我拽起羅衫欲行(鶯做見生科)(生唱)他倍着笑臉兒相迎不做美的紅娘忒淺情便做道謹依來命(紅云)姐姐有人咱家去來怕夫人嗔責鶯回顧並下

好關目

還說嘴紅娘之言更妙

么生唱我忽聽得一聲猛驚元來是撲剌剌的宿鳥飛騰顫巍巍花稍弄影亂紛紛落紅滿徑小奴你去了呵那里發付小生

妙妙

絡絲娘生唱空撇下碧澄澄蒼苔露冷明皎皎花篩月影白日淒涼枉躭病今夜把相思再整

妙妙

東原樂生唱簾垂下戶已扃却纔個悄悄的相問他那里低低應月朗風清恰二更厮徯倖他無緣小生薄命

綿搭絮生唱恰尋歸路佇立空庭竹梢風擺斗柄雲横呀今夜淒涼有四星他不偢人待怎生雖然是眼角傳情咱兩個口不言心自省生云今夜甚睡到得我眼里呵

盈盈

楞音棱 冷平声

秀才大都如此過了日子

【拙魯速】【生唱】對着盞碧熒熒短檠燈倚着扇冷清清的舊幃屏燈兒又不明夢兒又不成窻兒外淅零零的風兒透踈櫺忒楞楞紙條兒鳴枕頭兒上孤另被窩兒里寂靜你便是鉄石人鉄石人也動情

【幺】【生唱】怨不能恨不成坐不安睡不寧有一日柳遮花映霧障雲屏夜闌人靜海誓山盟恁時節風流嘉慶錦片也似前程美滿恩情咱兩箇畫堂春自生

【尾聲】一天好事從今定一首詩分明作證再不向青瑣闥夢兒中尋則去那碧桃花樹兒下等【下】

摠批如見如見妙甚妙甚

還是夫人的親麼

第四齣 齋壇鬧會

法本法聰上（本云）今日是二月十五開啓衆僧動法器者、請夫人小姐拈香比及夫人未來先請張先生拈香、怕夫人問呵則說道是貧僧親者（生上云）今日二月十五、和尚請拈香須索走一遭、

新水令（生唱）梵王宮殿月輪高。碧琉璃瑞烟籠罩。香烟雲蓋結。諷呪海波潮。幡影飄颻。諸檀越盡來到。

駐馬聽（生唱）法鼓金鐃。二月春雷響殿角。鐘聲佛號。半天風雨灑松梢。候門不許老僧敲。紗窗外定有紅娘報害。相思的饞眼惱。見他時須看箇十分飽（生見法本科）（法本云）

先生先拈香、若夫人問呵、則說是老僧的親眷、生拈香科

沉醉東風 生唱 惟願存人間的壽高亡化的天上逍遥、爲曾祖父先靈禮佛法僧三寶焚名香暗中禱告則願得梅

好個至誠檀越

香休劣夫人休焦犬兒休惡佛囉早成就了幽期密約

夫人鶯紅上 夫人云長老請拈香小姐咱走一遭 生見鶯科 生與法聰云爲你志誠呵神仙下降也 聰云 這生却早兩遭兒也

鴈兒落 生唱 我則道玉天仙離了碧霄元來是可意種來

淡得好

淸醮小子多愁多病身怎當他傾國傾城貌

鶯鶯小像

好一班志誠和尚

【得勝令】（生唱）恰便似檀口點櫻桃，粉鼻兒倚瓊瑤，淡白梨花面，輕盈楊柳腰。妖嬈，滿面兒撲堆着俏；苗條，一團兒衡是嬌。（法本云）貧僧一句話，夫人行敢道麼：貧僧有個敝親，是個飽學的秀才，父母亡後，無可相報，央及貧僧帶一分齋，追薦父母。貧僧一時應允了，恐夫人見責。（夫人云）既是長老的親，何害，請來廝見咱。（生拜夫人科）（衆相見科）（鶯發科）

【喬牌兒】（生唱）太師年紀老，法座上也凝眺，舉名的班首痴呆傍，覷着法聰頭做金磬敲。

【甜水令】（生唱）老的少的，村的俏的，沒顛沒倒，勝似鬧元宵，

妙　好　好

稔色人兒他家怕人知道看時節淚眼偷瞧

〔折桂令〕（生唱）着小生迷留沒亂心痒難撓哭聲兒似鶯囀喬林淚珠兒似露滴花梢太師也難學把一個發慈悲的臉兒來朦着擊磬的頭陀懊惱添香的行者心焦燭影風搖香靄雲飄貪看鶯鶯燭滅香消（本云風滅了燈了）（生云）小生點燈燒香（鶯對紅云）那生忙了一夜

〔錦上花〕（鶯唱）外像兒風流青春年少內性兒聰明冠世才學扭捏着身子兒百般做作來往向人前賣弄俊俏（紅云）我猜那生

〔么〕（紅唱）黃昏這一回白日那一覺窗兒外那會鑊鐸到晚

來向書幃里比及睡着千萬聲長吁捱不到曉

（生云）那小姐好生顧盼小生

碧玉簫（生唱）情引眉梢心緒你知道愁種心苗情思我猜着暢懊惱響鐺鐺雲板敲行者又嚎沙彌又哨恁須不奪人之好（衆僧禱告、動法器搖鈴杵宣疏燒紙發了科）（本云）天明了也請夫人小姐回宅（夫人鶯紅並下）（生云）再做一會也好那里發付小生也呵

鴛鴦煞（生唱）有心爭奈無心好多情却被無情惱勞攘了一宵月兒沉鐘兒響鷄兒叫唱道是玉人歸去得疾好事收拾得早道場畢諸人散了酩子里各歸家葫蘆提鬧到

曉。〔下〕

摠批　做好事的看樣

第五齣　白馬解圍

〔孫飛虎上云〕自家姓孫、名彪、字飛虎、方今唐德宗即位、天下擾攘、因主將丁文雅失政、彪統着五千人馬、鎮守河橋、近知先相國崔珏之女鶯鶯、眉黛青顰、蓮臉生春、有傾國傾城之貌、西子太真之顏、見在河中府普救寺借居、我心中想來、當今用武之際、主將尚然不正、我獨廉何哉。大小三軍、聽我號令、人盡銜枚、馬皆勒口、連夜進兵河中府、擄崔鶯鶯為妻、是平生願足、好貨〔下〕〔本慌

嬌甚。

（上云）誰想孫飛虎將半萬賊兵圍住寺門、鳴鑼擊鼓、吶喊、摇旗、欲擄鶯鶯小姐爲妻、我今不敢違悞、即索報知夫人走一遭、（下）（夫人上慌云）如此却怎了、俺同到小姐臥房里商議去、（下）（鶯紅上云）自見了張生。神魂蕩漾、情思難禁、茶飯少進。早是離人傷感。況值暮春天道、好煩惱人也呵。好句有情憐夜月。落花無語怨東風。

【八聲甘州】（鶯唱）懨懨瘦損、早是傷神、那值殘春、羅衣寬褪、能消幾個黃昏。風裊篆烟不捲簾。雨打梨花深閉門。無語凭闌干。目斷行雲。

【混江龍】（鶯唱）落紅成陣。風飄萬點正愁人。池塘夢曉。蘭檻好。　盛。　入神。　妙甚。

蘚春蝶粉輕沾飛絮雪燕泥香惹落花塵繫春心情短柳
絲長隔花陰人遠天涯近香消了六朝金粉清減了三楚
精神（紅云）姐姐情思不快我將這被兒薰得香香的睡些
兒
【油葫蘆】（鶯唱）翠被生寒壓綉裀休將蘭麝熏便將蘭麝熏
盡則索自溫存昨宵錦囊佳制明勾引今日箇玉堂人物
難親近這些時睡又不安坐又不寧我欲待登臨不快閑
行又悶每日價情思睡昏昏
【天下樂】（鶯唱）紅娘呵我則索搭伏定鮫綃枕頭兒上盹但
出閨門影兒般不離身（紅云）不干紅娘事老夫人着我看

便是這些時要隄防

隨你理會

妙妙

那人與外人客人不同

妙妙

妙妙

姐姐來（鶯云）俺娘也好沒意思（鶯唱）這些時直恁般隄防着人小梅香伏侍得勤老夫人拘繫得緊則怕俺女孩兒折了氣分（紅云）姐姐往常不曾如此無情無緒自曾見了那生便覺心事不寧却是如何

那吒令（鶯唱）往常但見一個外人氳得早嗔但見一個客人厭得倒褪從見了那人兜的便親想着昨夜詩依前韻酬和得清新

鵲踏枝（鶯唱）吟得句兒勻念得字兒眞詠月新詩强似織錦回文誰肯將針兒做線引向東鄰通個慇懃

寄生艸（鶯唱）想着文章士旖旎人他臉兒清秀身兒俊性

老孫來替老張作伐了

兒溫克情兒順不由人口兒裏作念心兒裏印學得來一天星斗煥文章不枉了十年窻下無人問（老夫人長老同上敲門科　紅見了云）姐姐夫人和長老都在房門前（鶯見夫人長老科　夫人云）孩兒你知道麼如今孫飛虎將領半萬賊兵圍住寺門道你眉黛青顰蓮臉生春有傾城太眞之色要擄你做壓寨夫人孩兒怎生是了也呵

（六么序　鶯唱）聽說罷魂離殼見放着禍滅身將袖梢兒搵住啼痕好着我去住無因進退無門可着俺那堝兒裏人急偎親孤孀子母無投奔吃緊的先亡過了有福之人耳邊廂金鼓連天振征雲冉冉吐雨紛紛

么那厮每風聞胡云道我眉黛青顰蓮臉生春恰便是傾國傾城的太眞兀的不送了他三百僧人半萬賊兵一霎兒敢剪艸除根這厮每於家爲國無忠信恣情的擄掠人民便將那天宮般蓋造焚燒盡則沒那諸葛孔明便待要博望燒屯【夫人云】老身年六十歲死不爲夭奈孩兒未得從夫又遭此難却如之奈何【鶯云】孩兒有一計將我獻與賊漢庶幾可免一家性命【夫人哭云】俺家無犯法之男再婚之女怎捨得你獻與賊人却不辱沒了俺家譜【本云】咱每到法堂上問兩廊下僧俗有高見的一同商議箇長策【同到法堂科】【夫人云】小姐却怎生好【鶯云】不

第六來自家又早嫁了人傳歡神處奇

他要你屍櫬做甚麼

如將我獻與賊人其便有五、

后庭花（鶯唱）第一來免摧殘老太君第二來免堂殿作灰塵第三來諸僧無事得安存第四來先君靈柩穩第五來歡郎雖是未成人（歡云）俺呵打甚麼不緊（鶯唱）須是崔家後代孫鶯鶯爲惜已身不幸去從着亂軍諸僧衆汚血痕將伽藍火內焚先靈爲細塵斷絶了愛弟親割開慈母恩、

柳葉兒（鶯唱）呀將俺一家兒不留一個齠齔待從軍又怕辱沒了家門我不如白練套頭尋個自盡將我屍櫬獻與賊人也須得箇遠害全身

閱月好 方說出本心來但不知那人手段何如耶

青哥兒【鶯唱】毋親都做了鶯鶯生忿對傍人一言難盡毋親休愛惜鶯鶯這一身孩兒別有一計【鶯唱】不揀何人建立功勳殺退賊兵掃蕩妖氛到陪家門情願與英雄結婚姻成秦晉。○閱月好

【夫人云】此計較可、雖不是門當戶對也强似陷於賊人之手、長老在法堂上高叫兩廊僧俗但有退兵計策的到陪房奩斷送鶯鶯與他爲妻【和尚叫云了】生鼓掌上【云】我有退兵之策何不問我。見夫人了【本云】這秀才便是前日帶追薦的秀才【夫人云】計將安在【生云】重賞之下、必有勇夫賞罰著明其計必成【鶯背云】只願這生退

妙。

了者目好關【夫人云】恰纔與長老說下、但有退得賊兵的、

將小姐與他爲妻、【生云】既是恁的。休唬了我渾家、請入
老。面。皮。

臥房里去。俺自有退兵之計。【夫人云】小姐和紅娘回者、

【鶯對紅云】難得這生一片好心。○
妙
此時高叫兩廊僧俗
萬一有个和尚能退
兵如何
如何

【賺煞】【鶯唱】諸僧衆各逃生、衆家眷誰偢問、這生不相識、橫

枝兒着緊。非是書生多議論。也隄防着玉石俱焚。雖然是

不關親。可憐見命在逡巡。濟不濟。權將秀才來儘、果若有
下畫

出師表文。嚇蠻書信、張生呵則願得筆尖兒橫掃了五千

人。【下】

夫人云此事如何、生云小生有一計、先用着長老、本云老僧不會厮殺、請秀才別換一箇、生云休慌、不要你厮殺、你出去與賊漢說、夫人本待便將小姐出來送與將軍、奈有父服在身、不爭鳴鑼擊鼓、驚死小姐、可惜了將軍、若要做女壻呵、可按甲束兵、退一射之地、限三日功德圓滿、脫了孝衣、換上吉衣、到陪房倉定、將小姐送與將軍、不爭便送來、一來父服在身、二來與將軍不利、你去說來、本云三日如何、生云有計在後、本朝內叫云請將軍打話、飛虎引卒上云快送出鶯鶯來、本云將軍息怒、夫人使老僧來與將軍說、云云、飛虎云既然如此限你三日後若不送來我着你人人皆死個個不存你對夫人説去這般好性兒的女壻教他招了者〔下〕〔本云〕賊兵退了也三日後不送出去俺都是死的〔生云〕小生有一故人姓杜名確號爲白馬將軍見統十萬大兵鎮守着蒲關一封書去此人必來救我此間離蒲關四十五里寫了書呵怎得人送去〔本云〕若是白馬將軍肯來何慮孫飛虎俺這里有一個徒弟喚做惠明則是要吃酒厮打使他去便不肯將言語激着他他便去有書寄與杜將軍誰敢去誰敢去〔惠明上應云〕我敢去我敢去

颩音彪 匹救切

端正好〔惠唱〕不念法華經不禮梁王懺颩了僧伽帽袒下偏〔紅〕衫殺人心逗起英雄胆兩隻手將烏龍尾鋼椽揝

活佛 你何不退了兵 得了賞 賞

滚綉毬〔惠唱〕非是我貪不是我敢知他怎生喚做打參大踏步直殺出虎窟龍潭非是我攙不是我攬這些時吃菜饅頭委實口淡五千人也不索炙膊煎爊腔子里熱血權消渴肺腑内生心且解饞有甚腌臢

佛

叨叨令〔惠唱〕浮沙羹寬片粉添些雜糝酸黃虀爛豆腐休調淡萬餘斤黑麪從教暗我將五千人做一頓饅頭餡是必休悮了也麽哥休悮了也麽哥包殘餘肉把青鹽醮〔本云〕張秀才着你送書蒲關你敢去麼

淫○欲○貪○婪○原○來○不○濟○事○佛○語○佛○語○時○勢○甚○急○不○宜○閒○話○

好○和○尚○說○得○是○

倘秀才【惠唱】你那里問小僧敢也那不敢我這里啓大師用咱那不用咱飛虎將聲名播斗南那厮能淫欲會貪婪成何以堪【生云】你是出家人却怎不看經禮懺則要厮打爲何

滚綉毬【惠唱】我經文也不會談逃禪也懶去㕘戒刀頭近新來將鋼蘸鐵棒上無半星兒土牆塵緘別的僧不僧俗不俗女不女男不男則會齋得飽去僧房中胡揜那里骨焚燒了兜率也似伽藍您那里善文能武人千里寄在這濟困扶危書一緘有勇無慚【生云】他倘不放你過去却如何【惠云】他不放我呵你寬心

這和尚也是个烈漢子何难立地成佛

真

〔白鶴子〕〔惠〕〔唱〕着幾個小沙彌把幢幡寶盖擎壯行者將桿棒鑊叉擔你排陣脚將衆僧安我撞釘子把賊兵探

〔二〕遠的破開步將鐵棒颩近的順着手把戒刀釤有小的提起來將脚尖踢有大的扳下來把髑髏鉏

〔三〕瞅一瞅古都都翻了海波滉一滉厮琅琅振動山巖脚踏得赤力力地軸搖手攀得忽剌剌天關撼

〔四〕我從來駁駁劣劣世不曾忐忐忑忑打熬成不厭天生敢我從來斬釘截鐵常居一不似恁惹艸拈花沒掂三劣性子人皆㨍捨着命提刀仗劍更怕我勒馬停驂

〔五〕我從來欺硬怕軟吃苦不甘你休只因親事胡撲俺若

是杜將軍不把干戈退張解元干將風月擔我將不志誠的言詞賺倘或紕繆倒大羞慚〔惠接書云〕將書來等我回音者

好和尚　唬呼訝切音嚇

〔收尾〕您與我借神威擂幾聲鼓仗佛力吶一聲喊綉旗下遥見英雄俺我教那半萬賊兵唬破膽〔惠下〕〔生云〕老夫人長老都放心此書到日必有佳音咱眼觀旌捷旗耳聽好消息〔並下〕

〔杜將軍引卒子上云〕林下曬衣嫌日淡池中濯足恨魚腥花根本艷公卿子虎體鴛班將相孫下官姓杜名確字君實本貫西洛人也自幼與張君瑞同學儒業後棄

文就武遂得武舉及第官拜征西將軍正授管軍元帥統十萬之衆鎮守蒲關有人自河中來聽知君瑞兄弟在普救寺中不來望我着人去請亦不肯來不知何意今聞丁文雅失政不守國法剽掠黎民我爲不知虛實未敢造次興師嘗讀孫子曰凡用兵之法將受命於君合軍聚衆圮地無舍衢地交合絶地無留圍地則謀死地則戰途有所不由軍有所不擊城有所不攻地有所不爭君命有所不受故將通於九變之利者知用兵矣治兵不知九變之術雖知五利不能得人用矣吾今未疾進兵征討者爲不知地利淺深出沒之故也昨日探

書柬可厭

聽去了。不見回報。今日升帳。看有甚軍情來報我知道
者。惠明上云我離了普救寺、一日至蒲關、見杜將軍走
一遭（卒子通報科）將軍云着他過來、惠明見將軍科（惠
云）小僧是普救寺的、今有孫飛虎作亂將半萬兵圍住
寺門、欲刼故臣崔相國女爲妻、有遊客張君瑞奉書令
小僧報于麾下欲求將軍以解倒懸之厄、（將軍云）將書
過來、（惠遞書將軍念科）珙頓首再拜大元帥將軍契兄
纛下。伏自洛中拜違犀表。寒暄屢隔。積有歲月仰德之
私。銘刻如也憶昔聯床風雨嘆今彼各天涯客況復生
於肺腑離愁無慰於羈懷念貧處十年藜藿走困他鄉

（旁批：奉書　風雨之夕。念不能　夜辭家赴京。便道河中。即擬親謁。以叙闊濶。路途疲頓。忽搆採薪之憂。所以相思不可憂也。輕裝小頓。不在蕭寺几席之下）

値兵故目崔公身後多累特奉簡戒暫歇安居何期暴客見其
羡威統百萬貔貅坐安邊境故知虎體食天祿瞻天表
集者雄衆五千將軍無理誰無弱息遠見狼狽不勝憤懣便書
大德勝常使賊子慕台顔仰台翰寸心爲慰輒稟小弟
甘心自恨平生手無縛雞之微命真友不計伏維仁兄仰稟門
辭家欲詣帳下以敘數載間闊之情奈至河中府普救
鉞專鎮一方叱吒所臨風雲變色凜凜古人方叔召虎信如仁兄
寺忽值採薪之憂不及逕造不期有賊將孫飛虎領兵
実乃不愧今君危偪不及轉燭仰望垂手非可言喻萬祈拯援前
半萬欲刼故臣崔相國之女實爲迫切狼狽小弟之命
指河中聲如疾雷朝發夕至使我涸鮒不恨西江崔公九原亦當
亦在逡巡將軍倘不棄舊交之情興一旅之師上以報
啣結伏乞台照不宣
天子之恩下以救蒼生之急故相國雖在九泉亦不泯
將軍之德矣願將軍虎視去書使小弟鵠觀來旆造次
干瀆不勝慚愧伏乞台照不宣張珙再拜二月十六日
書）將軍云既然如此和尚你先行我便來也（惠明云將

軍是必疾來者、
賞花時〕惠唱「那廝擄掠黎民德行短將軍鎮壓邊廷機變
寬他彌天罪有百千般若將軍不管縱賊冦騁無端
么〕便是你坐視朝廷將帝主瞞若是掃蕩妖氛着百姓歡
干戈息大功完歌謠遍滿傳名譽到金鑾〔惠下〕杜云「若無
萬丈深潭計怎得驪龍項下珠雖無〇〇發兵將在軍
君命有所不受」大小三軍、聽吾將令、速點五千人馬、人
盡銜枚馬皆勒口、星夜起發、直至河中府普救寺救張
生走一遭、〔飛虎引卒上〕將軍引卒調陣拿綁下〔科〕夫人
本生上云〕下書已兩日、尚不見回音、〔生云〕山門外喊聲

大舉莫不是俺哥哥軍至了、〔生〕引夫人拜見將軍科〔丑〕將軍云〕杜確有失防禦、致令老夫人受驚、望勿見罪、〔生〕拜將軍科〔丑〕自別兄長台顏、久失聽教、今得一見、如撥雲覩日、〔夫人云〕老身子母、皆將軍所賜之命、將何以報〔將軍云〕不敢、此乃職分之所當爲、敢問賢弟因甚不至小營〔生云〕小弟甚欲來、奈小疾偶作、不能動止、所以失叩、今見夫人受困、定言退得賊兵者、以小姐妻之、因此愚弟奉書請吾兄〔將軍云〕既然又有此姻緣、可賀可賀（下官自當作伐）〔夫人云〕安排茶飯者（老身尚有處分）〔將軍云〕不索安排、恐餘黨未盡、小官去（當須料理異日却來拜賀）捕了却來有話說〔出寺科〕左右拿孫飛虎過來、英雄將

好了

叛從今起攪亂賊徒到此休拿賊科杜云本欲斬首示衆具表奏聞見丁文雅失守之罪恐有未叛者今將爲首者各杖一百其餘盡歸營去者孫飛虎謝了下將軍歸寺科將軍云張君瑞親事不可忘也建退軍之策夫人面許結親若不違前言是淑女配君子也夫人云恐女有辱君子又云請將軍筵席者將軍云我不吃筵席了我回營去異日却來慶賀生云不敢久留兄長有妨閫政杜云馬離普救敲金鐙人望蒲東唱凱歌杜下夫人上云張先生大恩不敢忘也先生休在寺中下則着僕人寺內養馬是必來家內書院里安歇我已收拾了

便搬來者到明日畧備小酌着紅娘來請你（先生）是必勿拒

（末者）別有商議（下）生云這事都在長老身上問本科小子親

事未知何如法本云鶯鶯擬定妻君只因兵火至引起

雨雲心本下生云小子收拾行李去花園里去也○淡得

妙 生下

揔批 描寫惠明處令人色壯

第六齣 紅娘請宴

夫人上云今日安排下小酌單請張生酧勞道與紅娘

疾忙去書院中請張生（天未明便起身直等至這早晚）着他是必便來休推故（下）生上

云夜來老夫人說着紅娘來請我却怎生不見來我打

有味

扮着等他皂角也使了兩三個水也換了兩三桶烏紗帽擦得光掙掙的怎麽不見紅娘來也呵〔紅娘上云〕老夫人使我請張生我想若非張生妙計俺一家兒性命難保也呵

〔粉蝶兒〕〔紅唱〕半萬賊兵捲浮雲片時掃盡俺一家兒死裏逃生舒心的列山靈陳水陸張君瑞合當欽敬當日所望無成誰承望一緘書到爲了媒證

〔醉春風〕〔紅唱〕今日東閣玳筵開煞强如西廂和月等薄衾單枕有人温早則不冷冷受用些寶鼎香濃繡簾風細綠窗人靜〔紅云〕可早來到也

妙

是好

【脫布衫】（紅唱）幽僻處可有人行點蒼苔白露冷冷隔窗兒咳嗽了一聲（紅敲門科）（生云）是誰（紅云）是我 他啓朱扉急來荅應（生云）小娘子拜揖

【小梁州】（紅唱）則見他叉手忙將禮數迎我這里萬福先生烏紗小帽耀人明白襴淨角帶傲黄鞓

【么】（紅唱）衣冠濟楚龐兒俊可知道引動俺鶯鶯據相貌憑才性我從來心硬一見了也留情（生云）既來之則安之請書房內說話小娘子此行爲何（紅云）賤妾奉夫人嚴命特請先生小酌數盃勿却是望（生云）便去便去敢問席上有鶯鶯姐姐麼

苦惱秀才有誰人請他

曲甚自然好好

他未必着你在眼里

上小樓[紅唱]請字兒不曾出聲去字兒連忙答應可早鶯鶯跟前姐姐呼之喏喏連聲秀才每聞道請恰便似聽將軍嚴令我和那五臟神願隨鞭鐙[生云]今日夫人端爲甚麼筵席「可有別客」[紅唱]第一來爲壓驚第二來因謝承不請街坊不會親鄰不受人情避衆僧請老兄和鶯鶯匹娉[生云]如此小生歡喜也[紅唱]則見他歡天喜地謹依來命[生云]小生客中無鏡敢煩小娘子看小生一看如何

滿庭芳[紅唱]來回顧影文魔秀士風欠酸丁下工夫將額顱十分掙遲和疾擦倒蒼蠅光油油耀花人眼睛酸溜溜

原來是吃飯秀才

鰲得牙疼[生云]夫人辦甚麼請我[紅唱]茶飯已安排定淘下陳倉米數升煠下七八碗軟蔓菁[生云]小子想來自寺中一見了小姐之後不想今日得成其婚姻豈不爲前生分定[紅云]姻緣非人所爲天意耳

快活三[生唱]咱人一事精百事精一無成百無成世間艸木本無情[生云]地生連理水生並頭[生唱]猶有相肩竝

朝天子[紅唱]休道是這生年紀後生恰學害相思病天生聰俊打扮得素淨奈夜夜成孤另才子多情佳人薄倖兀的不擔閣了人性命[生云]你姐姐果有信行[紅唱]誰無一箇信行誰無一箇志誠恁兩箇今夜親折證[紅云]我囑付

如此等曲已如家常茶飯不作意不經心信手拈來無不是矣我所以謂之化

你。咱。

【四邊靜】紅唱 今宵歡慶軟弱鶯鶯何曾慣經你索款款輕

輕燈下交鴛頸端詳了可憎好煞人無乾淨 生云 小娘子

先行小生收拾了書帙便來且問小娘子那里有甚麼

景致好看

【耍孩兒】紅唱 俺那里落紅滿地胭脂冷休孤負了良辰美

景夫人遺麥莫消停請先生勿得推稱俺那里準備着鴛

鴦夜月銷金帳孔雀春風軟玉屏樂奏合歡令有鳳簫象

板錦瑟鸞笙 生云 小生書劍飄零無以爲聘却怎生是好

○ 窮神

【四煞】紅唱聘財斷不爭婚姻事有成新昏燕爾安排慶你
明博得跨鳳乘鸞客我到晚臥看牽牛織女星休僥倖不
要你半絲兒紅線成就了一世前程
【三煞】紅唱憑着你滅寇功舉將能兩般兒功効如紅定爲
甚俺鶯娘心下十分順都則爲君瑞胷中百萬兵越顯得
文風盛受用足珠圍翠繞結果了黃卷青燈【生云】別有甚
客在座
【二煞】紅唱夫人只一家老兒無伴等爲嫌繁冗尋幽靜
【一】紅唱單請你個有恩有義閒中客迴避了無是無非窓
下僧夫人的命道足下莫教推托和賤妾即便隨行【生云】

凡秀才受用都在口裏說過心上想過于身邊並無半分也觀此可見

小娘子先行。小生隨後便來。

【收尾】紅唱 先生休作謙。夫人專意等。常言道恭敬不如從命。休使得梅香再來請。下

生云 紅娘去了。小生拽上書房門者。我比及到得夫人那里。夫人道張生你來了。飲數盃酒。去臥房內。和鶯鶯做親。去小生到得臥房內。和小姐解帶脫衣。顛鸞倒鳳。同諧魚水之歡。共效于飛之願。覷他雲鬟低墜。星眼微朦。被翻翡翠。襪繡鴛鴦。不知性命如何。哩。狂笑云 單羨法本好和尚也。只憑說法口。遂卻讀書心。下

總批 文巳到自在地步矣。

第七齣夫人停婚

（夫人上云）紅娘去請張生如何不見來（紅見夫人科）紅云張生着紅娘先行他隨後便來也（生上見夫人施禮科）（夫人云）前日若非先生焉得有今日我一家之命皆先生所活也聊置小酌非爲報禮勿嫌輕意（生云）一人有慶兆民賴之此賊之敗皆夫人之福萬一杜元帥不至我輩亦無免死之術此皆往事不必掛齒○有甚麽未來事（夫人云）將酒來先生滿飲此盃（生云）長者賜少者不敢辭（生微飲酒科）把夫人盞科（夫人云）先生請坐（生云）小子侍立座下尚然越禮焉敢與夫人對坐○空奉承了（夫人

閑目好

云道不得個恭敬不如從命、(生謝夫人坐科、)(夫人云)紅娘去喚小姐來、與先生行禮者(紅喚鶯科)(紅云)老夫人後堂待客請小姐出來哩(鶯應云)我身上有些不停當去不得(紅云)你道請誰哩(鶯云)請誰(紅云)請張生哩(鶯云)若請張生扶病也索走一遭(紅發科)(鶯上云)免除崔氏、全家禍盡在張生半紙書

(五供養)(鶯唱)若不是張解元識人多。別一箇怎退干戈。排着酒菓列着笙歌。篆烟微花香細。散滿東風簾幙。救了咱全家禍殷勤呵正禮欽敬呵當合

紅云小姐今日起得早也。

(新水令)(鶯唱)恰纔碧紗窓下畫了雙蛾拂拭了羅衣上粉

吟嘆如盈妙々

香浮汚將指尖兒輕輕的貼了鈿窩若不是驚覺人呵猶壓着繡衾臥（紅云）覰俺姐姐這箇臉兒吹彈得破張生有福也 小姐真乃天生就一位夫人

（么）（鶯唱）没查没利謊僂儸道我宜梳妝的臉兒吹彈的破（紅云）俺姐姐天生的一箇夫人的樣兒（鶯唱）你那里休聒不當一箇信口開合知他命福是如何做一箇夫人也做得過（紅云）往常兩箇都害今日早則喜也

且不要忒作准了

（喬木查）（鶯唱）我相思爲他他相思爲我從今後兩下里相思都較可酧賀間理當酧賀俺毋親也好心多（紅云）敢着小姐和張生結親可怎生不做大筵席安排小酌爲何

聰明倒　聰明

好關目

盈

（鶯云）你不知夫人意

（攪箏琶）他怕我是陪錢貨兩當一便成合據着他舉將除

賊也消得家緣過花費了甚一般那便結絲羅休波省人

情的妳妳忒慮過恐怕張羅（生云）小子更衣咱（生撞見鶯

科）

（慶宣和）（生唱）門兒外簾兒前將小脚兒那我只見目轉秋

波誰想那識空便的靈心兒早瞧破諕得我倒趓倒趓（夫

人云）小姐近前拜了哥哥者（生背云）呀聲息不好了也

（鶯云）呀俺娘變了卦也（紅云）這相思又索害也○只哥哥二

字便這樣不好

盈。

傳神至。此

雁兒落〔生唱〕諕得我荆棘剌怎動那死沒騰無回豁措支剌不對荅軟兀剌難存坐

得勝令〔生唱〕誰承望這即即世世老婆婆着鶯鶯做妹妹拜哥哥白茲茲渰䫫藍橋水赤鄧鄧點着祅廟火碧澄澄清波撲剌剌將比目魚分破急攘攘因何听得夫人說罷呵扢搭地把雙眉鎖納合〔夫人云〕紅娘看熱酒來小姐與哥哥把盞者

傳神至。

甜水令〔鶯唱〕我這裏粉頸低垂蛾眉顰蹙芳心無那俺可甚相見話偏多星眼朦朧檀口嗟咨攧窨不過這席面兒暢好是烏合〔鶯〕把酒科〔生云〕小生量窄〔夫人〕央科〔鶯云〕紅

四十四

此一語便傳神
至此神神益益
好關目
妙妙

娘接了臺盞者
【折桂令】（鶯唱）他其實嚥不下玉液金波誰承望月底西廂
变做了夢里南柯泪眼偷淹酩子里揾濕了香羅他那里
眼倦開軟癱做一垜我這里手難擡稱不起肩窩病染沉
痾斷然難活則被你送了人呵當甚麼嘍囉（夫人云）再把
一盞者（紅娘又遞一盞生辭科）（紅背與鶯云）姐姐這煩
惱怎生了
【月上海棠】（鶯唱）而今煩惱猶閒可久後思量怎奈何有意
訴衷腸爭奈毋親側坐成拋趓咫尺間如間闊
【么】一杯悶酒尊前過低首無言自摧挫不堪醉顏酡可早

張生飲酒科鶯鶯入席科夫人云

嫌玻璃盞大從因我酒上心來覺可（夫人云）紅娘送小姐臥房里去者（鶯辭生出科）俺娘好口不應心也呵

（喬牌兒）（鶯唱）老夫人轉關兒沒定奪啞謎兒怎猜破黑閣落鉗話兒將人和請將來着人不快活（紅云）姐姐休怨別人

（江兒水）（紅唱）佳人自來多命薄秀才每從來懦悶殺沒頭鵞撇下陪錢貨不爭你不成親呵下場頭那些兒發付我

（殿前歡）（鶯唱）恰纔箇笑呵呵都做了江州司馬泪痕多若不是一封書將半萬賊兵破俺一家兒怎得存活他不想結姻緣想甚麼到如今難着莫老夫人謊到天來大當日

成也是恁箇母親今日敗也恁箇蕭何
離亭宴帶歇拍煞（鶯唱）從今後玉容寂寞梨花朶胭脂淺
淡櫻桃顆這相思何時是可昏鄧鄧黑海來深白茫茫陸
地來厚碧悠悠青天般闊太行山般高仰望東洋海般深
思渴毒害的恁麼俺娘呵將顫巍巍雙頭花蘸搓香馥馥
縷帶同心割長攙攙連理瓊枝挫白頭娘不負荷青春女
成擔閣將俺那錦片也似前程蹬脫俺娘把甜句兒落空
了他虛名兒悞嫌了我（下）生云小生醉也告退夫人跟前
有一言以盡其意未知可否前者賊寇迫之甚危夫人
所言能退賊者以鶯鶯妻之小生挺身而出作書與杜

爲○何○而○來

由○他○去○了○便○了○又○留○他○做○恁○做○

將軍、星夜前來、虧殺得免夫人、全家之禍。今日命小生赴宴、將謂喜慶有期、不知夫人何見以兄妹之禮相待。小生非圖餔啜而來。此事果若不諧、小生即目告退。（夫人云）先生縱有活我全家之恩、奈小女先相國在日曾許下老身姪兒鄭恒、即今將書赴京喚去了、此子不日至、其事將如之何。莫若多以金帛相酬、先生另揀豪門貴宅之女、先生台意若何。（生云）既然夫人不納小生、何慕金帛之色。卻不道書中有女顏如玉。小生則今日便索告辭。（夫人云）你且住者、今日有酒也。紅娘扶將哥哥去書房中歇息、到明日咱別有話說。（紅扶生科）（生云）有

出来都是這个老虔婆

這丫頭是个老馬泊六

分只熬蕭寺夜無緣難遇洞房春（紅云）張生少吃一盞却不好（生云）我吃甚麼來（生對紅云）小生爲小姐晝夜忘飡廢寢夢斷魂勞常忽忽如有所失自寺中一見隔墻酧和迎風帶月受無限之苦楚不甫能得成就不料夫人變了卦使小生智竭思窮此事幾時是了小娘子怎生可憐見小生（生跪紅科）將此意伸與小姐使知小生之心就小娘子前解下腰間之帶尋箇自盡可憐剌股懸梁恣竟作離鄉背井魂（紅云）街上好賤柴燒你個傻角你休慌妾當與君謀之（生云）計將安在小生當築壇拜將（紅云）妾見先生有囊琴一張必善於此俺小姐

素躭于琴今夕妾與小姐同至花園内燒夜香但聽咳嗽爲令先生動操看小姐听得説甚麼却將先生之言達知若有些話呵明日妾來囘報這早晚怕夫人尋我囘去也〔紅下〕〔生云〕紅娘之言深有意趣天色晚也月兒你早些兒出麼焚香了呀却早發擂也呀却早撞鐘也〔生做理琴科〕〔生云〕琴呵小生與足下湖海中相隨數年今夜這一場大功都在你這神品金徽玉軫蛇腹斷紋嶧陽焦尾冰絃之上天那怎生借得一陣順風將小生這琴聲吹入俺那小姐玉琢成粉捏就知音俊俏耳朶兒里去者〔下〕

〔煩〕〔得〕〔妙〕

好

連那酒席也不盛了却不道人心若好吃水也

揔批　我欲賛一辭也不得

第八齣　鶯鶯聽琴

〔鶯紅上〕〔紅云〕小姐燒香去來、好明月也呵、〔鶯云〕事已無成燒香何濟月兒你團圓呵咱却怎生

〔鬭鵪鶉〕〔鶯唱〕雲歛晴空冰輪乍湧風掃殘紅香堦亂擁離恨千端閑愁萬種夫人（娘呵）那靡不有初鮮克有終他做了箇影兒的情郎我做了箇畫兒里的愛寵

〔紫花兒序〕〔鶯唱〕則落得心兒里念想、口兒里閑題則索向夢兒中相逢俺娘昨日箇大開東閣我則道怎生般炮鳳亨龍朦朧可教我翠袖慇懃捧玉鍾却不道主人情重則

為那兄妹排連因此上魚水難同（紅云）姐姐你看那月闌明日敢有風也（鶯云）風月天邊有人間好事無○處處傷情

（小桃紅）（鶯唱）人間看波玉容深瑣繡幃中怕有人搬弄想嫦娥西没東生有誰共怹天宫裴航不作遊仙夢這雲似我羅幃數重只恐怕嫦娥心動因此上圍住廣寒宫

（紅娘咳嗽科）（張生理琴科）（鶯云）甚麽響（紅發科了）

（天淨紗）（鶯唱）莫不是步摇得寶髻玲瓏莫不是裙拖得環珮玎琮莫不是鐵馬兒簷前驟風莫不是金鈎雙控吉玎璫敲響簾櫳

好琴好琴真是个不是知音不與彈

【調笑令】(鶯唱)莫不是梵王宮夜撞鐘莫不是踈竹瀟瀟曲檻中莫不是牙尺剪刀聲相送莫不是漏聲長滴響壺銅

有態致

潛身再聽在墻東元來是近西廂理結絲桐

【禿厮兒】(鶯唱)其身壯似鉄騎刀鎗冗冗其聲幽如落花流水溶溶其聲高似風清月朗鶴唳空其聲低似聽兒女語小窓中喁喁

知音

【聖藥王】(鶯唱)他那里思不窮我這里意已通嬌鸞雛鳳失雌雄他曲未終我意轉濃爭奈伯勞飛燕各西東盡在不言中(鶯云)我近書窓聽咱(紅云)姐姐你這里聽我瞧夫人一瞧便來○好關目(生云)窓外有人一定是小姐將絃改

過彈一曲就歌一篇名曰鳳求凰昔日相如以此曲成事我雖不及司馬相如願小姐有文君之意（歌曰）有美人兮見之不忘一日不見兮思之如狂鳳飛翱翔兮四海求凰無奈佳人兮不在東墻張琴代語兮聊寫微腸何時見許兮慰我彷徨願言配德兮携手相將不得于飛兮使我淪亡（鶯云）是彈得好也呵其詞哀其意切凄凄然如鶴唳天故使妾聞之不覺淚下

你懂也。不懂痛也。不痛

【麻郎兒】（鶯唱）這的是令他人耳聰訴自已情衷知音者芳心自懂感懷者傷心悲痛

【么】（末）這一篇與本宮始終不同又不是清夜聞鐘又不是黃

是甚麼　待如何　妙妙

鶴醉翁文不是泣麟悲鳳

〔絡絲娘〕（鶯唱）一字字更長漏永。一聲聲衣寬帶鬆。別恨離愁變做一弄。張生呵越教人知重。（生自云）夫人且做忘恩小姐你也詭譎呵（鶯自云）你差怨了我

〔東原樂〕（鶯唱）這的是俺娘的機變。非干妾身脫空。若由得我呵乞求得效鸞鳳。俺娘無夜無明併女工。我若得些兒閒空。張生呵。怎教你無人處把妾身作誦

〔綿搭絮〕（鶯唱）疎簾風細。幽室燈清。都則是一層紅紙幾榥兒疎櫺。兀的不似隔着巫山幾萬重。怎得箇人來信息通便做道十二巫峰。他也曾赴高唐來夢中。（紅云）夫人尋小

姐哩喒家去來

拙魯速（鶯唱）則見他歪將來氣冲冲怎不教人恨匆匆諕得人來怕恐早是不曾轉動女孩兒家直恁響喉嚨緊摩弄索將他攔縱則恐怕夫人行把我來厮葢送（紅云）姐姐則甞聽琴怎麽張生着我對姐姐說他回去也（鶯云）好姐姐你見他呵是必再着他住一程（紅云）再說甚麽

（鶯云）你去呵

（尾聲）則說道夫人時下有人唧噥好共歹不着你落空不問俺口不應的狠毒娘怎肯着別離了志誠種

絡絲娘煞尾不爭惹恨牽情鬭引少不得廢寢忘飡病證

閑目好

總批 無處不似畫

第九齣 錦字傳情

鶯上云自昨夜聽琴後聞說張生有病我如今着紅娘去書院里看他說甚麼叫紅科紅上云姐姐喚我不知有甚事須索走一遭鶯云這般身子不快呵你怎麼不來看我紅云你想張鶯云張甚麼紅云我張着姐姐哩鶯云我有一件事央及你咱紅云甚麼事鶯云你與我去望張生走一遭看他說甚麼你來回我話者紅云我不去夫人知道不是耍鶯云好姐姐我拜你兩拜你與我走一遭紅云侍長請起我去則便了說道張生你好

生病重則俺姐姐也不弱〔紅云〕只因午夜調琴手引起
春閨愛月心
〔賞花時〕〔紅云〕俺姐姐針線無心不待拈脂粉香銷懶去添
春恨壓眉尖若得靈犀一點敢醫可了病懨懨〔鶯云〕紅娘
去了看他回來説甚麽話再作主意〔下〕〔生上云〕害殺小
生也自那夜弄琴之後却不能勾見俺那小姐我着長
老説將去道説張生好生病重却怎生又不見人看我
没奈何我且睡些兒咱〔紅上云〕奉小姐言語着我看張
生須索走一遭我想來喒每一家若非張生呵怎存俺
一家兒性命也

敘事如見

【點絳唇】（紅唱）相國行祠。寄居蕭寺。因喪事。幼女孤兒。將欲從軍死。

【混江龍】（紅唱）謝張生伸志。一封書到便興師。顯得文章有用。足見天地無私。若不是剪草除根半萬賊。險些兒滅門絕戶俺一家兒。鶯鶯君端。許配雄雌。夫人失信。推托別詞。將婚姻打滅。以兄妹爲之。如今都廢却成親事。一箇價糊突了胸中錦綉。一箇價淚流濕臉上胭脂。

【油葫蘆】（紅唱）憔悴了潘郎鬢有絲。杜韋娘不似舊時。一箇帶圍寬清減了瘦腰肢。一箇睡昏昏不待要觀經史。一箇意懸懸懶去拈針指。一箇絲桐上調弄出離恨譜。一箇花

牋上刪抹成斷恐詩一箇筆下寫幽情一箇絃上傳心事

兩下都一樣害相思

天下樂紅唱方信道才子佳人信有之紅娘看時有些乖性兒則怕有情人不遂心也似此見他害的有些抹媚我遭着沒三思一納頭安排着憔悴死紅云却早來到書院裏我把唾津兒潤破窗紙看他在書房里做甚麼

村里迓鼓紅唱我將這紙窗兒濕破悄聲兒窺視多管是和衣兒睡起羅衫上前襟褶衽孤眠況味淒涼情緒無人伏侍覷了他澁滯氣色聽了他微弱聲息看了他這黃瘦臉兒張生呵你若不悶死多應是害死

詩稱之

墻東恨不得腋𦐂于粧臺左右患成思竭垂命有日因紅娘至聊奉數字以表寸心萬一有見憐之心不惜好音示下庚幾可保殘喘造次不謹伏乞情恕偶成五言八句詩一首錄呈于後

相思恨轉添　謾把瑶琴弄
樂事又逢春　芳心爾亦動
此情不可遲　虛譽何須奉
莫負月華明　且憐花影重

〔后庭花〕紅唱　我則道拂花箋打稿兒元來他染霜毫不勾思先寫下幾句寒溫序。後題着五言八句詩。不移時把花

[illegible]鑒如此

[illegible]文錦字疊做個同心方勝兒忒風流忒煞思忒聰明忒浪子雖然是假意兒小可的難到此

青歌兒〔紅唱〕顛倒寫鴛鴦鴛鴦兩字方信道在心在心爲志看喜怒其間覷個意兒放心波學士我願爲之並不推辭自有言詞則說道昨夜彈琴的那人兒教傳示〔紅云〕這簡帖兒我與你將去先生當以功名爲念休墮了志氣

好

者

紅娘也道孝起來

寄生艸〔紅唱〕你將那偷香手準備着折桂枝休教那淫詞兒汚了龍蛇字藕絲兒縛定鵾鵬翅黃鶯兒奪了鴻鵠志休爲這翠幃錦帳一佳人悞了你玉堂金馬三學士〔生云〕

姐姐在意者〔紅云〕你放心

〔尾聲〕沈約病多般、宋玉愁無二、清減了相思樣子、喒眉眼傳情未了時、中心日夜藏之、怎敢因而有美玉於斯、我須教有發落歸着、這張紙憑着我舌尖兒上說詞、更和這簡帖兒里心事、管教那人來探你一遭兒〔下〕〔生云〕小娘子將簡帖兒去了、不是小生說口、則是一道會親的符籙、他明日回話、必有個分曉、欲消心下恨、須索好音來〔生下〕

○忒饞

總批、曲白妙處、盡在紅口中摹索、兩家兩家反不有實際神矣。

嬌態　閑月好　好　巫

第十齣　妝臺窺簡

〔鶯上云〕紅娘伏侍老夫人不得空便偺早晚敢待來也、起得早了些兒困思上來我再睡些兒咱〔紅上云〕奉小姐言語、去看張生、因伏侍夫人未曾回小姐話去不聽得聲音敢又睡哩我入去看一遭

〔粉蝶兒〕〔紅唱〕風靜簾閒透紗窗麝蘭香散啓朱扉搖響雙環絳臺高金荷小銀釭猶燦比及將煖帳輕彈先揭起這梅紅羅軟簾偷看

〔醉春風〕〔紅唱〕則見他釵嚲玉斜橫髻偏雲亂挽日高猶自不明眸暢好是懶懶半晌擡身幾回搔耳一聲長歎〔紅云〕

關目好。

也要如此做一做、

我待便將簡帖兒與他恐俺小姐有許多假處哩我則將這簡帖兒悄悄放在妝盒兒上看他見了說甚麼〔鶯睡起得簡帖科〕

〔普天樂〕〔紅唱〕晚妝殘烏雲嚲輕勻了粉臉亂挽起雲鬟將簡帖兒拈把妝盒兒按拆開封皮孜孜看顛來倒去、不害心煩〔下〕〔鶯怒叫云〕紅娘〔紅上慌云〕呀決撒了也〔紅唱〕則見他俺厭的扢皺了黛眉〔鶯云〕小賤人還不來怎麼〔紅唱〕忽的波低垂了粉頸氳的呵改變了朱顏〔鶯云〕小賤人、這東西那里將來的、我是相國的小姐、誰敢將這簡帖兒來戲弄我、我幾曾慣看這等東西、告過夫人、打下你個小

假得妙

賤人下截來〔紅云〕小姐使將我去他着我將來我又不妙
識字知他寫着甚麼
〔快活三〕〔紅唱〕分明是你過犯沒來由把我摧殘使別人顛
倒惡心煩你不慣誰曾慣〇沒得說〔紅云〕姐姐休鬧比及你
對夫人說呵我將這簡帖兒去夫人行先出首來〔鶯揪
住紅科〕我逗你耍來〇露出本來面目〔紅云〕放手看打下下截妙
來〔鶯云〕紅娘張生近日如何〔紅背云〕我則不說〔鶯云〕好紅妙
娘姐姐你說與我聽咱
〔朝天子〕〔紅唱〕張生近間面顏瘦得來實難着不思量茶飯
怕見動憚曉夜將佳期盼廢寢忘餐黃昏清旦望東墻淹

老世事。

涓眼。（說得可憐）鶯云喚箇好太醫看他證候咱。（你便是太醫）紅云他證候吃藥不濟患病要安則除是出幾點風流汗

（怎麼樣出）

四邊靜【紅唱】怕人家調犯早共晚夫人見些破綻你我何安問甚麼遭危難攛斷得上竿。掇了梯兒看。鶯云紅娘不看你面呵我將與夫人看他有甚麼面顏見夫人雖然我着你看他只是兄妹之情焉有外事紅娘早是你日穩哩若別人知呵甚麼模樣將紙筆過來我寫將去回他着他下次休是這般鶯寫科紅娘你將去說小姐看望先生兄妹之禮如此非有他意再一遭兒是這般

好關目

呵必告知夫人和你小賤人都有話說（鶯擲書下）（紅拾書作怒指鶯科）

【脫布衫】（紅唱）小孩兒家口沒遮攔一味的言語摧殘把似你使性子休思量那秀才做多少好人家風範

【小梁州】（紅唱）他爲你夢裡成雙覺後單廢寢忘湌羅衣不奈五更寒愁無限寂寞泪闌干

【么】似這等辰勾空把佳期盼我將這角門兒世不曾牢拴則願你做夫妻無危難我（你）向筵席頭上整扮做（我做）一箇縫了口的撮合山（紅云）我如今欲待不去來道我違拗他那生又等我回話須索走一遭（下）（生上云）那書倩紅娘將去

未見回話我這封書去必定成事這早晚敢待來也紅云須索回張生話去小姐你性兒忒慣得嬌了既有前日的心那得今日的心來

石榴花紅唱當日箇晚妝樓上杏花殘猶自怯衣單那一片聽琴心清露月明間昨日箇向晚不怕春寒幾乎險被先生賺那其間豈不胡顏爲一箇不酸不醋風魔漢隔墻兒險化做望夫山

那里瞞得他過

鬪鵪鶉紅唱你用心兒撥雨撩雲我好意兒與他傳書寄簡不肯摟自己狂爲則待要覓別人破綻受艾焙權時忍這番暢好是奸紅云道張生是兄妹之禮焉敢如此紅唱

自己早已破綻多了

(紅唱)對人前巧語花言背地裏愁眉淚眼(紅見生科)(生云)
小娘子來了擎天柱大事如何(紅云)不濟事了先生休
傻(生云)小生簡帖兒是一道會親的符籙則是小娘子
不用心故意如此(紅云)我不用心有天哩你那簡帖兒
到好聽
上小樓(紅唱)這的是先生命慳須不是紅娘違慢那簡帖
兒到做了你的招狀他的勾頭我的公案若不覷面顏厮
顧睄揣饒輕慢(紅云)先生受罪禮之當然賤妾何辜(紅唱)
爭些兒把紅娘拖犯
么從今後相會少見面難月暗西廂鳳去秦樓雲斂巫山

你也趣我也趣請先生休訕早尋箇酒闌人散（紅云）再不
多說怕夫人尋我回去也（生云）小娘子此一遭去更着
誰與小生分剖肺腑必索做一個道理方可救得小生
一命（生跪下扯住紅科）（紅云）張生你是讀書人豈不知
此意

【滿庭芳】（紅唱）你休要呆里撒奸你待要恩情美滿却教我
骨肉摧殘老夫人手執着棍兒摩娑看麄麻線怎透得針
關直待我挂着拐幇閒鑽懶縫合脣送煖偷寒（紅云）待去
呵小姐性兒撮鹽入火（紅唱）消息兒踏着泛（紅云）待不
去呵（生跪哭云）○小生這一箇性命都在小娘子身

好閑曰：老張不癖不如鶯鶯多矣

上（紅唱）禁不得你甜話兒熱趲。好教我兩下里做人難。

（紅云）我沒來由分說小姐回與你的書你自看者（生接書開讀科）呀有這場喜事撮土焚香三拜禮畢早知小姐簡至理合遠接接待不及勿令見罪小娘子和你也歡喜（紅云）怎麼（生云）小姐罵我都是假書中之意着我今夜花園里來和他哩也波哩也囉哩（紅云）你讀與我聽（生云）

待月西廂下　迎風戶半開

隔墻花影動　疑是玉人來

（紅云）怎見得他着你來你解與我聽咱（生云）待月西廂

不麼不濟如何都說出來

下教我月下來迎風戶半開是門欲開未開隔墻花影動疑是玉人來着我跳過墻來（紅云）張生你做下來端的有此話說（生云）我是猜詩謎的杜家風流隋何浪子陸賈我那里有差的勾當（紅云）你看姐姐我行也使謊呵

耍孩兒（紅唱）幾曾見寄書的瞞着魚雁小則小心腸兒轉關寫着道西廂待月等待更闌着你跳過東墻女字邊干元來那詩句兒里包籠着三更棗簡帖兒里埋伏着九里山他着緊處將人慢您會雲雨的鬧中取靜我寄音書的忙里偷閑

〔四煞〕〔紅唱〕紙光明玉板，字香噴麝蘭，行兒邊湮透，的非春汗。一緘情淚紅猶濕，滿紙春心墨未乾。從今後休疑難，放心波學士，穩情取金雀丫鬟。

〔三煞〕〔紅唱〕他人行別樣親，俺跟前取次看，更做道孟光接了梁鴻案。別人行甜言美語三冬暖，我跟前惡語傷人六月寒。我爲頭兒看看你離魂倩女，怎發付擲果潘安。○不。下。

作事。實亦喜甚。〔生云〕小生自小讀書的人，怎跳得那花園過。○腐甚。滯甚。

〔二煞〕〔紅唱〕隔牆花又低，迎風戶半拴，偷香手段今番按，怕牆高怎把龍門跳，嫩花密難將仙桂攀。放心去，休辭憚，你

盈盈盈亦不到此

若不去呵望穿他盈盈秋水蹙損了淡淡春山（生云）小生曾到花園已經兩遭不曾得些好處這一遭知他又如何（一發滯）極了（紅云）如今既有這詩不比往常了

（尾聲）（紅唱）你須是去兩遭我敢道不如這番隔墻酬和都胡侃證果的是今番這一簡（下）（生云）歎萬事自有分定誰想小姐有此一塲好處小生是猜詩謎的杜家風流隋何浪子陸賈（妙）到那里扢扎幫便倒地今日顛天百般的難得晚天你有萬物扵人何故爭此一日疾下去波讀書繼晷怕黃昏不覺西沉強掩門欲赴海棠花下約太陽何苦又生根呀纔晌午也再等一等今日百般的難

得下去也呵碧天萬里無雲空勞倦客身心恨殺太陽

貪戰不覺紅日西沉呀却早倒西也再等一等咱無端

三足烏團團光爍爍安得后羿弓射此一輪落謝天地

却早日下去也却早發擂也呀却早撞鐘也拽上書房

門到得那里手挽着垂楊滴溜撲跳過墻去〔下〕〇一幅相思

畫

總批 嘗言吳道子顧虎頭只畫得有形象的至如相思情狀無形無象西廂記畫來的的逼真躍躍欲有吳道子顧虎頭又退數十舍矣千古來第一神物千古來第一神物

又評白易直西廂之白能婉曲易婉西廂之曲能直所以不可及所以不可及

又評西廂記耶曲耶白耶文章耶紅娘耶鶯鶯耶張生耶讀之者李卓吾耶俱不能知也倘有知之者耶

又評西廂曲文字如喉中㵝出來一般不見有斧鑿痕筆墨迹也

又評西廂文字一味以摸索爲工如鶯張情事則從紅口中摸索之老夫人及鶯意中事則從張口中摸索之且鶯張及老夫人未必實有此事也的是鏡水花月神品神品

又評

作西廂者妙在竭力描寫鶯之嬌痴張之笨趣方爲傳神若寫作淫婦人風浪子模樣便河漢矣在紅則一味滑便機巧乃不失使女家風讀此記者當作是觀

李卓吾先生批評北西廂記卷之下目錄

嫩綠池塘
藏睡鴨
淡黃楊柳
帶棲鴉

執手未登程先問歸
期別酒將傾未飲心
先醉

夕陽古道衰柳
長堤

禾黍秋風聽
馬嘶

西廂記上　五

四圍山色中一鞭殘照裏

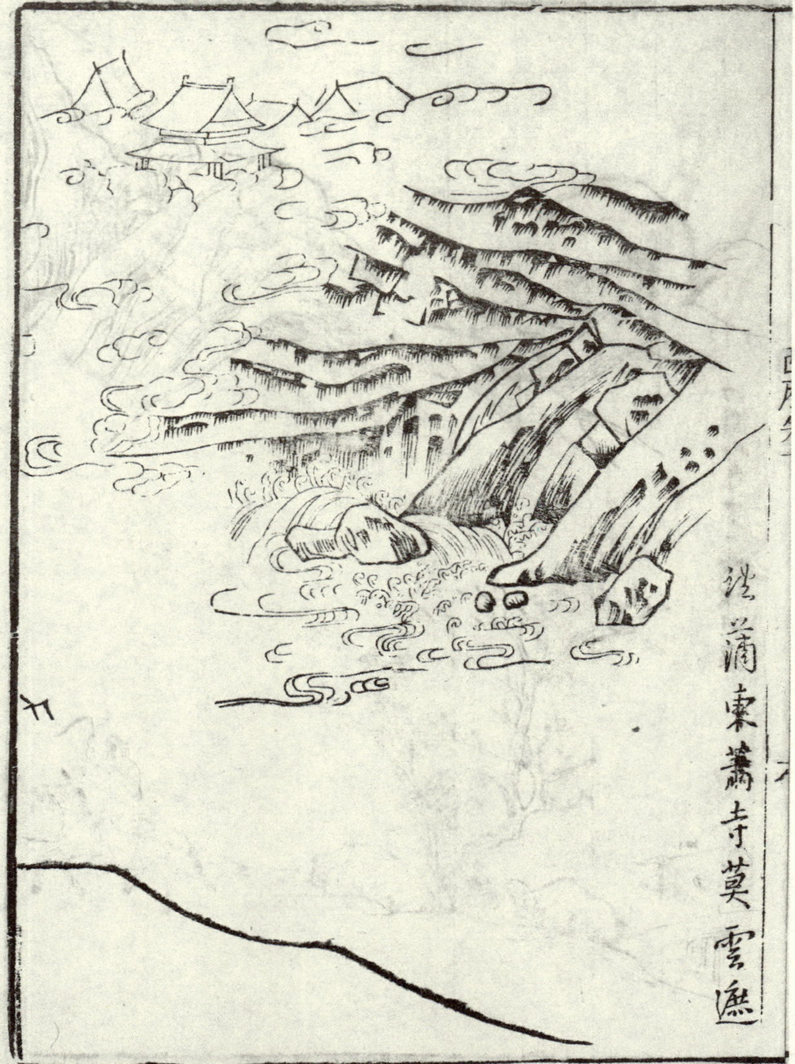
從蒲東蕭寺莫雲遮

倉熕迷楫哀州連
大堅渡舟橫
庚戌夏日模于吳山
堂 聚燚

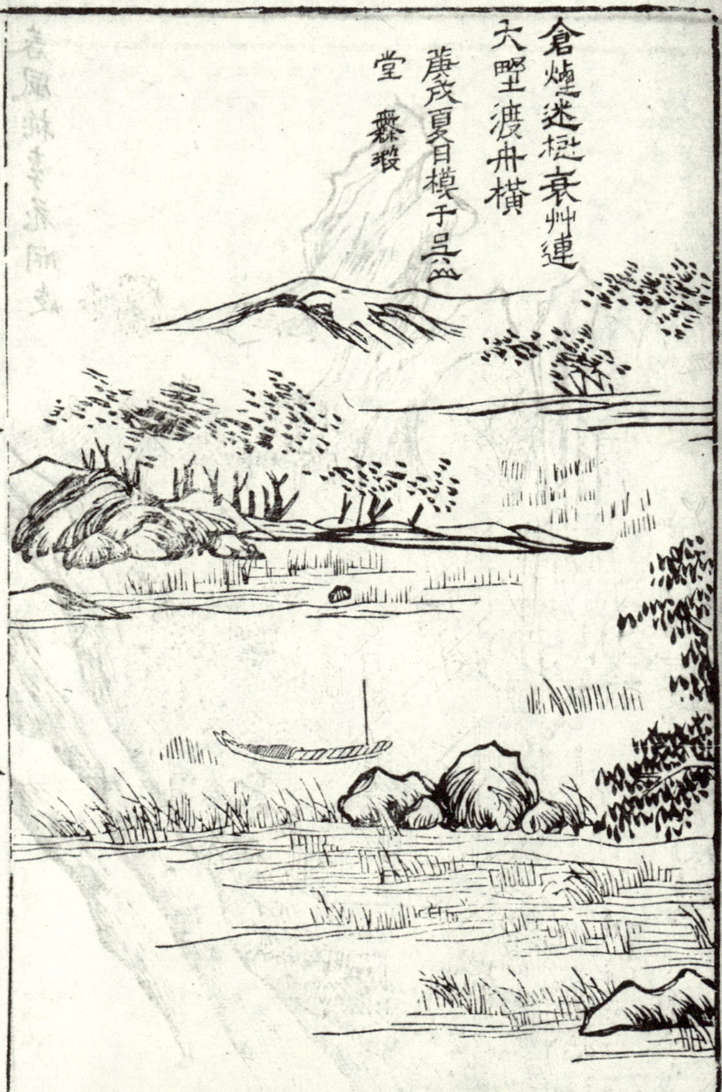

春風桃李花開夜

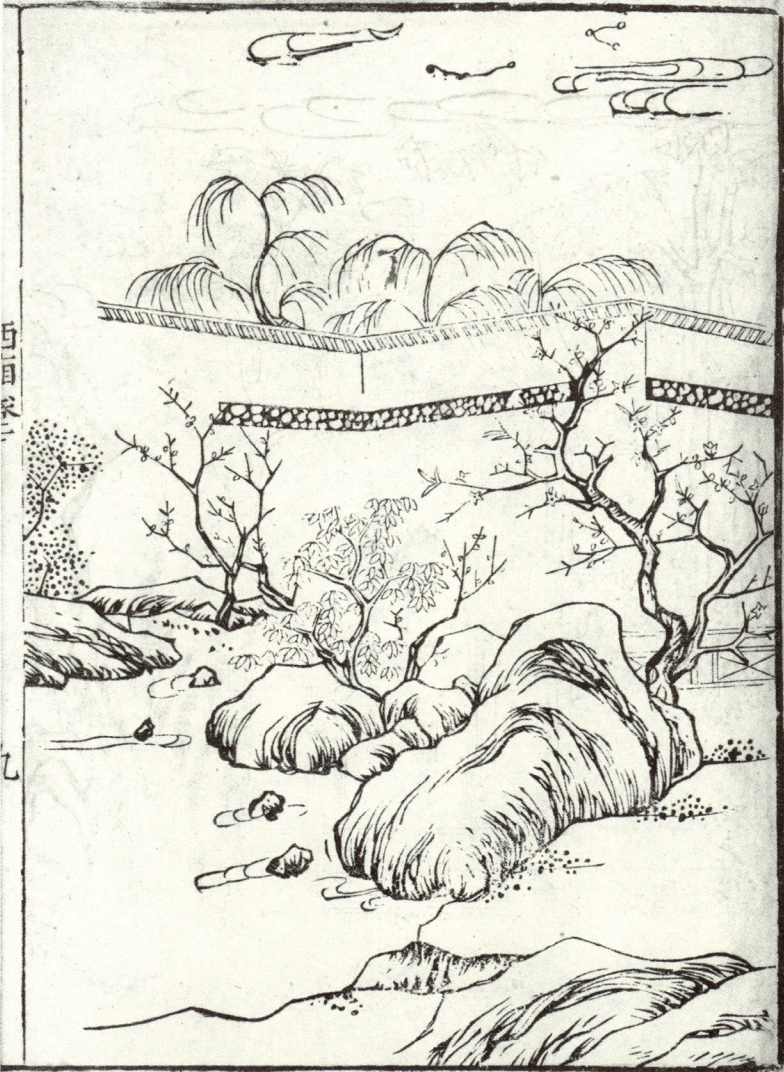

夜雨梧桐葉落時

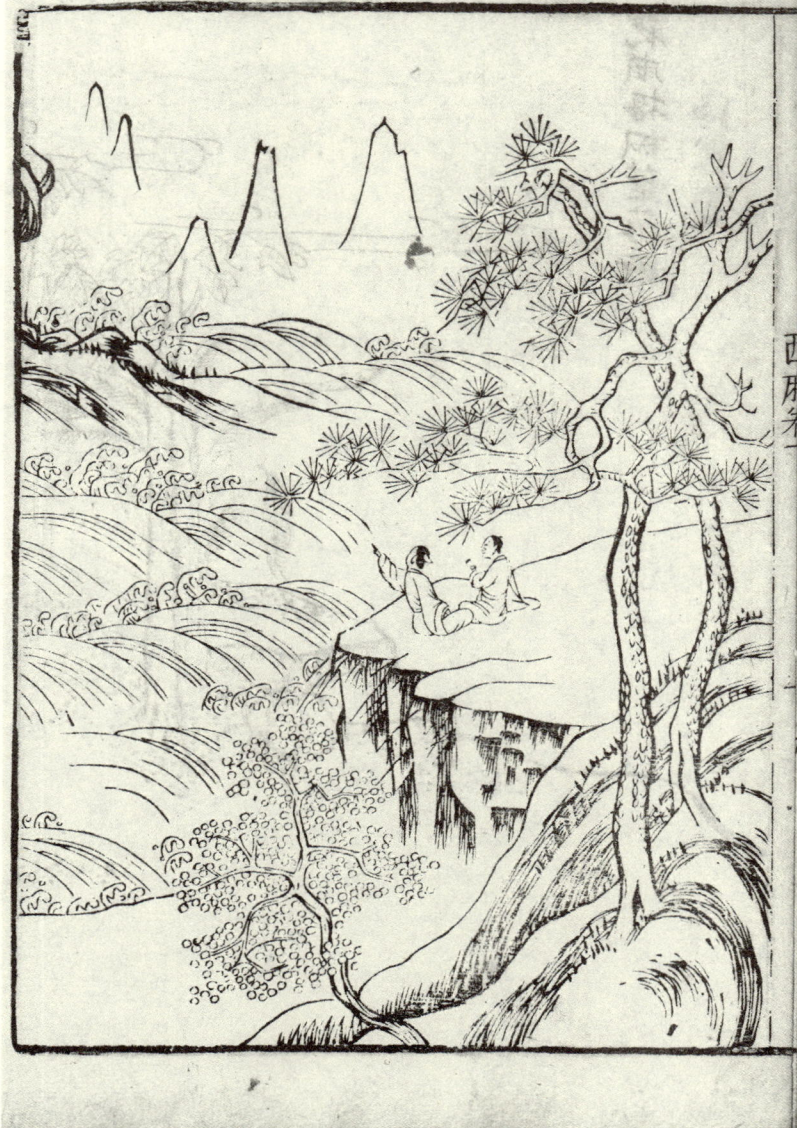

聽江聲浩蕩看山色参差
应光

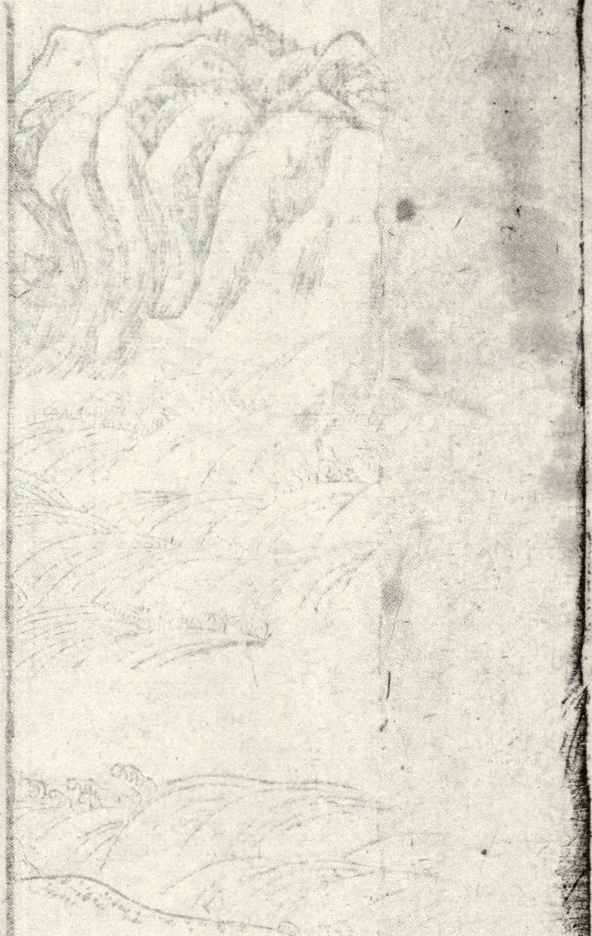

西廂卷一

李卓吾先生批評北西廂記卷之下

第十一齣　乘夜踰墻

〔紅上云〕今日小姐着我寄書與張生當面偌多般意兒元來詩內暗約着他來小姐既不對我說我也不說破他則請他燒香今夜晚粧呵比每日覺別我看他到其間怎的瞞我〔叫鶯科〕姐姐俺燒香去來〔鶯上云〕花香重疊和風細庭院無人淡月明〔紅云〕姐姐今夜月明朗風清好一派景致也呵

淡中有滋味

〔新水令〕〔紅唱〕晚風寒峭透窻紗控金鈎繡簾不掛門闌凝暮靄樓角斂殘霞恰對菱花樓上晚粧罷

好

〔駐馬聽〕紅唱 不近喧譁。嫩綠池塘藏睡鴨。自然幽雅。淡黃楊柳帶棲鴉。金蓮蹴損牡丹芽。玉簪抓住荼蘼架。夜凉苔徑滑。露珠兒濕透了凌波襪。〔紅云〕我看那生巴不得到晚。

〔喬牌兒〕紅唱 自從那日初出時想月華。捱一刻似一夏。柳梢斜日遲遲下。好教賢聖打。〔紅云〕俺那小姐呵。只在紅口中摸擬。妙。妙。

〔攪箏琶〕紅唱 打扮的身子兒詐。准備着雲雨會巫峽。只為這燕侶鶯儔鎖不住心猿意馬。〔紅云〕則不俺那小姐害那生二十三日水米不粘牙哩。〔紅唱〕因姐姐閉月羞花。真假。這其間性兒難按納。一地里胡拿。〔紅云〕姐姐這湖山下立

妙

地我開了寺里角門兒怕有人聽俺說話我且看一看（做看科）（紅云）偌早晚傻角却不來赫赫赤赤來（生云）這其間正好去也赫赫赤赤（紅云）那鳥來了

【沉醉東風】（紅唱）我則道槐影風搖暮鴉元來是玉人帽側烏紗一個潛身在曲檻邊一個背立在湖山下那里敘寒溫並不曾打話（紅云）赫赫那鳥來了（生云）小姐你來也摟住（紅科）（旦）好閑（紅云）禽獸是我你看得仔細着若是老夫人怎了（生云）小生害得眼花瞭亂摟得慌了些兒望乞恕罪（紅唱）便做道摟得呵你也索覷咱多管是餓得你個窮酸眼花（生云）小姐在那里（紅云）在湖山下我問你咱

妙。

巫。巧。

不要你管漢家自有制度。

眞個着你來哩（生云）小生猜詩謎杜家風流隋何浪子陸賈准定扢扎帮便倒地（紅云）你休從門裡去則道我使你來你跳過這墻去今夜這一弄兒助你兩個成親我說與你依着我者

【喬牌兒】（紅唱）你看那淡雲籠月華似紅紙護銀蠟柳絲花朶垂簾下。綠莎茵鋪着繡榻

【甜水令】（紅唱）良夜迢迢閑庭寂靜花枝低亞他是個女孩兒家你索將性兒溫存話兒摩弄意兒浹洽休猜做敗柳殘花

【折桂令】（紅唱）他是個嬌滴滴美玉無瑕粉臉生春雲鬢堆

畫

真滯貨

這丫頭

倒通得

鴉恁的般受怕擔驚又不圖甚浪酒閒茶則你那夾被兒時當奮發指頭兒告了消乏。打疊起嗟呀畢罷了牽掛收拾了憂愁准備着撑達（爲他人作嫁衣裳）【生跳墻科】【鶯云】是誰【生云】是小生【鶯怒云】張生你是何等之人我在這里燒香你無故至此若夫人聞知有何理說【生云】呀變了卦也

【錦上花】【紅唱】爲甚媒人心無驚怕赤緊的夫妻每意不爭差我這里躡足潛蹤悄地聽咱一箇羞慙一箇怒發

【么】張生無一言呀鶯鶯變了卦一箇悄悄冥冥一箇絮絮荅荅却早禁住隋何迸住陸賈叉手躬身粧聾做啞【紅云】張生背地裡嘴那里去了向前摟住丟番告到官司怕

羞了你

清江引（紅唱）沒人處則會閒嗑牙。就里空奸詐。怎想湖山邊不記西廂下香美娘處。分破花木瓜（鶯云）紅娘有賊（紅云）是誰（生云）是小生（紅云）張生你來這里有甚麼勾當（鶯云）撦到夫人那里去（紅云）到夫人那里恐壞了他行止我與姐姐處分他一場。看你兩个如何處分（紅云）張生你過來跪着你既讀孔聖之書必達周公之理夤夜來此何幹

雁兒落（紅唱）不是俺一家兒喬作衙。說幾句衷腸話我則道你文學海樣深。誰知你色膽有天來大。（紅云）張生你知

老面皮

也妙

罪麽〔生云〕小生不知罪

〔得勝令〕〔紅唱〕誰着你夤夜入人家非姦做賊拿你本是箇折桂客做了偷花漢不想去跳龍門學騙馬〔紅云〕姐姐且看紅娘面饒過這生者〔鶯云〕若不看紅娘面扯你到夫人那里去看你有何面目見江東父老起來罷

〔紅唱〕謝小姐賢達看我面遂情罷若到官司詳察〔紅云〕你既是秀才只合苦志于寒窗之下誰教你夤夜輒入人家花園做得個非姦即盜先生呵〔紅唱〕准備着精皮膚吃頓打〔鶯云〕張生雖有活命之恩恩則當報既爲兄妹何生此心萬一夫人知之先生何以自安今後再勿如

何不當面說

此若更爲之與足下決無干休（下）生背云你着我來却怎麼有偌多說話（紅）扳過生云羞也羞也怎不風流隋何浪子陸賈

離亭宴帶歇拍煞（紅唱）再休題春宵一刻千金價准備着寒窓更守十年寡猜詩謎的杜家佘拍了迎風戶半開山障了隔墻花影動綠慘了待月西廂下你將何郎傅粉搽他自把張敞眉兒畫強風情措大晴乾了尤雲殢雨心悔過了竊玉偷香膽刪抹了倚翠偎紅話（生云）小生再寫一簡煩小娘子將去以盡衷情如何（紅唱）淫詞兒早則休簡帖兒從今罷尚兀自參不透風流詞法從今悔罪波卓

文君。你與我學去波漢司馬。（下）（生云）你這小姐送了人也

此一念小生再不敢舉奈病體日篤將如之奈何夜來得簡方喜今日强扶至此又值這一塲怨氣眼見得休也則索回書房中納悶去桂子閒中落槐花病裡看

總批此時若便成交則張非才子鶯非佳人是一對淫亂之人了與紅何異有此一阻寫盡兩人光景鶯之嬌態張之怯狀千古如見何物文人技至此乎

第十二齣　倩紅問病

（夫人上云）早間長老使人來說張生病重我着長老使人請個太醫去看了一辟道與紅娘看哥哥行問湯藥

去者再問太醫下甚麽藥證候如何便來回話（下）（紅上
云）老夫人說張生病重却怎知昨夜吃我那一場氣越
重了小姐呵你送了人也（下）（鶯上云）我寫一簡則說道
藥方着紅娘將去與他證候自可（鶯喚紅科）（紅云）姐姐
喚紅娘怎麽（鶯云）聞張生病重我有一個好藥方兒與
我將去咱（紅云）又來了娘呵休送了人的性命（鶯云）好
姐姐救人一命將去咱（紅云）不是你一世也救他不得
如今老夫人使我去哩我就與你將去走一遭（下）（鶯云）
紅娘去了我綉房里等他回話（下）（生上云）自從昨夜花
園中吃了這一場氣正投着舊證候眼見得休了也老

此藥甚處施

夫人説着長老喚太醫來看我我這頹證候非是太醫所治的則除是那小姐美甘甘香噴噴涼滲滲嬌滴滴一點唾津兒嚥下去這病便可（法本引太醫上胗脈下）藥科（本云）下了藥了我回夫人話去少刻再來相望（下）

（紅上云）俺小姐送得人如此又着我去動問送藥方兒去越着他病沉了也我索走一遭異鄉易得離愁病妙藥難醫腸斷人

【鬭鵪鶉】（紅唱）則爲你彩筆題詩回文織錦送得人臥枕着床忘餐廢寢折倒得鬢似愁潘腰如病沈恨已深病已沉昨夜箇熱臉兒對面搶白今日箇冷句兒將人厮侵（紅云）

昨夜這般搶白他呵

紫花兒序（紅唱）把似你休倚着櫳門兒待月依着韻脚兒聯詩側着耳朵兒聽琴（紅云）見了他撇假偌多話張生我與你兄妹之禮甚麽勾當 妙 妙 遮他二語無限光景妙絶妙絶（紅唱）怒時節把一箇書生來迭噷歡時節紅娘好姐姐去望他一遭將一箇侍妾來逼臨難禁好着我似線脚兒般殷勤不離了針從今後教他一任這也是俺老夫人的不是甚白 妙 將人的義海恩山都做了遠水遥岑（紅見生問云）哥哥病體若何（生云）害殺小生也我若是死呵小娘子閻王殿前少不得你做個干連人（紅歎云）普天下害相思的不似你

這傻角

天淨紗（紅唱）心不存學海文林夢不離柳影花陰則去那竊玉偷香上用心又不曾得甚自從海棠開想到如今（紅云）因甚的便病得這般了（生云）都因你行說的謊叵到書房一氣一個死小生救了人反被害了自古云痴心女子負心漢今日返其事了

調笑令（生唱）我這里自審這病為邪淫尸骨喦喦鬼病侵更做道秀才每從來恁似這般干相思的好撒吞功名上早則不遂心婚姻上更返吟復吟（紅云）老夫人着我來看哥哥要甚麼湯藥小姐再三伸意有一藥方送來與先

傷巧可厭

生（生做慌科生云）在那里（紅云）用着幾般兒生藥各有制度我說與你咱

小桃紅（紅唱）桂花搖影夜深沉酸醋當歸浸（生云）桂花性溫當歸活血怎生制度（紅唱）面靠着湖山背陰里窨這方兒最難尋一服兩服令人恁（生云）忌甚麼物○

多此白反失光

景（紅唱）忌的是知母未寢怕的是紅粮撒心吃了呵穩情取使君子一星兒參（紅云）這藥方兒小姐親筆寫的（生看藥方大笑科）（生云）早知姐姐書來只合遠接（紅云）又怎麼却早兩遭兒也（生云）不知這首詩意小姐待和小生哩也波哩（紅云）不要又差了一些兒

妙　耍死

（鬼三台）（紅唱）足下其實啉休粧啥笑你個風魔的翰林無處問佳音向簡帖兒上計禀得了個紙條兒恁般綿里針若見玉天仙怎生軟厮禁俺那小姐忘恩赤緊的僂人負心（紅云）書上如何説你讀與我聽咱（生讀科）

休將閒事苦縈懷　取次摧殘天賦才

不意當時完妾行　豈防今日作君灾

仰圖厚德難從禮　謹奉新詩可當媒

寄與高唐休詠賦　明宵端的雨雲來

（生云）此韻非前日之比小姐必來（紅云）他來呵怎生

（耍孩兒）（紅唱）身臥着一條布衾頭枕着三尺瑤琴他來時

怎生和你一處寢凍得來戰戰兢兢說甚知音

【聖藥王】（紅唱）果若你有心他有心昨日鞦韆院宇夜深沉花有陰月有陰春宵一刻抵千金何須詩對會家吟〇

（生云）小生有花銀一錠有鋪盖賃與小生一副〇

你那賃鋪盖奇妙

【東原樂】（紅唱）俺那鴛鴦枕翡翠衾便遂殺人心如何肯賃至如你不脫解和衣兒更怕甚不强如手執定指尖兒恁倘或成親到大來福廕（生云）小生為小姐如此瘦顔莫不小姐為小生也減些丰韻麽

【綿搭絮】（紅唱）他眉黛遠山鋪翠眼横秋水無塵體若凝酥

腰如嫩柳俊的是龐兒俏的是心體態溫柔性格兒沉雖不會法灸神針猶勝似那救苦難觀世音(生云)今夜成就了呵小子不敢有忘

么(紅唱)口兒里慢沉吟夢兒里苦追尋往事已沉只言目今今夜相逢管教恁不圖你白璧黃金則要你滿頭花拖地錦(生云)只怕夫人拘繫不能勾出來(紅云)則怕姐姐不肯果有意呵

收尾(紅唱)雖然是老夫人曉夜將門禁好共歹須教你稱心(生云)休似昨夜(紅云)你掙揣咱(紅唱)來時節肯不肯怎由他見時節親不親盡在您

絡絲娘煞尾 因今宵傳言送語看明日攜雲握雨（下）

總批 妙在白中述鶯語

第十三齣 月下佳期

鶯上云 昨夜紅娘傳簡去與張生約今夕與他相見等紅娘來做個商量 紅上云 姐姐着我送簡與張生許他今宵赴約俺那小姐我怕你又說謊呵送了人性命不是耍處我且見小姐看他說甚麽 鶯云 紅娘收拾臥房我睡去 紅云 不爭你要睡呵那里發付那生〇你就發付他睡了 鶯云 甚麽那生 紅云 姐姐你又來也送了人性命不是耍處你若又番悔我出首與夫人你着我將簡帖兒

你只他放刁还是你生事

約下他來(鶯云)這小賤人到會放刁羞人荅荅的怎生

去(紅云)有甚麽羞到那里則合着眼者(第一好計策傳授心法是)

(紅催科)(紅云)去來去來老夫人睡了也(鶯走科)(紅歎云)

俺姐姐語言雖是強脚步兒早先行

(端正好)(紅唱)因姐姐玉精神花模樣無倒斷曉夜思量着

一片志誠心盖抹了漫天謊出畫閣向書房離楚岫赴高

唐學竊玉試偷香巫娥女楚襄王楚襄王敢先在陽臺上

(下)(生上云)昨夜紅娘所遣之簡約小生今夜成就自日

出熬到如今却早初更盡也不見來呵小姐休說慌咱

人間良夜靜不靜天上美人來不來

妙妙

曲盡形容

妙妙

點絳脣（生唱）佇立閒階夜深香靄橫金界瀟灑書齋悶殺讀書客。

混江龍（生唱）彩雲何在月明如水浸樓臺僧居禪室鴉噪庭槐風弄竹聲則道是金珮響月移花影疑是玉人來意懸懸業眼急穰穰情懷身心一片無處安排則索呆荅孩倚定門兒待越越的青鸞信杳黃犬音乖（生云）小生一日十二時無一刻放下小姐你那里知道呵

油葫蘆（生唱）情思昏昏眼倦開單枕側夢魂飛入楚陽臺早知道無明無夜因他害想當初不如不遇傾城色人有過必自責勿憚改我却待賢賢易色將心戒怎禁他兒的

蹙蹙

妙

上心來

天下樂（生唱）我則索倚定門兒手托腮好着我難猜來也那不來夫人行料應難離側望得人眼欲穿想得人心越窄多管是冤家不自在（生云）佛早晚不來莫不又是謊麽

到此真要急

那吒令（生唱）他若是肯來早離了貴宅他若是到來便春生敝齋他若是不來似石沉大海數着他脚步兒行倚定窓櫺兒待寄語多才

妙

鵲踏枝（生唱）恁的般惡搶白並不曾記心懷撥得個意轉心回夜去明來空調眼色經今半載這其間委實難捱（生

云小姐這一遭若不來呵

【寄生草】（生唱）安排着害，准備着擡，想着這異鄉身強把茶湯捱，則爲這可憎才熬得心腸耐，辦一片志誠心留得形體在，試着那司天臺打算半年愁，端的是太平車約有十餘載。（紅上云）姐姐我過去，你在這里。（敲門科）如何不開門徐（生問云）是誰？痴人還要問（紅云）是你前世的娘。（生云）小姐來麼？（紅云）你接了衾枕者，小姐到來也。張生，你怎麼樣謝我？（生拜科）小生一言難盡，寸心相報，惟天可表。（紅云）你放輕者，休諕了他。（紅推鶯科）姐姐，你入去，我在門兒外等着你。（生見鶯跪迎科）張珙有何德能，有勞神仙下降。

覷來西

酸得殺 了

妙妙

妙

知他是睡里夢里

村里迓鼓（生唱）猛見他可憎模樣 小生那里得病來早醫

可九分不快先前見責誰承望今宵歡愛着小姐這般用

心不才張珙合當跪拜小生無宋玉般容潘安般貌子建

般才姐姐你則是可憐見為人在客

元和令（生唱）綉鞋兒剛半折柳腰兒恰一搦羞荅荅不肯

把頭擡只將鴛枕捱 妙 雲鬟彷彿墜金釵偏宜鬏髻兒歪

上馬嬌（生唱）我將這鈕兒鬆縷帶兒解蘭麝散幽齋不良

會把人禁害咍怎不肯回過臉兒來

勝葫蘆（生唱）我這里軟玉溫香抱滿懷呀劉阮到天台春

盈

酸人不啻有此奇遇

至人間花弄色將柳腰款擺花心輕折露滴牡丹開

么（生唱）但蘸着些兒麻上來魚水得和諧嫩蕊嬌香蝶恣

採半推半就又驚又愛檀口揾香腮（生跪云）謝小姐不棄

張珙今夕得就枕席異日犬馬之報（鶯云）妾千金之軀　腐

一旦托於足下勿以他日見棄使妾有白頭之歎（生云）

小生焉敢如此（生看帕科）

后庭花（生唱）春羅元瑩白早見紅香點嫩色（鶯云）羞人荅

荅的看做甚麼（生唱）燈下偷睛覷胸前着肉揣暢奇哉　酸

渾身通泰不知春從何處來無能的張秀才孤身西洛客

自從逢稔色思量的不下懷憂愁因間隔相思無擺劃謝

斷不句妙甚

昼

教人害

芳卿不見責

柳葉兒〔生唱〕我將你做心肝兒般看待斷不㸃污了小姐清白忘飡廢寢舒心害若不是眞心耐志誠捱怎能勾這相思苦盡甘來

青歌兒〔生唱〕成就了今宵今宵歡愛魂飛在九霄九霄雲外投至得見你個多情小姊姊憔悴形骸瘦似麻稭今夜和諧由自疑猜露滴香埃風靜閑堦月射書齋雲鎖陽臺審問明白只疑是昨夜夢中來愁無奈〔鶯云〕我回去也怕夫人覺來尋我〔生云〕我送小姐去來

寄生艸〔生唱〕多手韻忒稔色乍時相見教人害霎時不見

敎人怪敎人愛三語酷盡形容

敎人怪些兒得見敎人愛今宵同會碧紗厨何時重解香羅帶【紅云】來拜你嬢【生笑科】【紅云】張生你喜也姐姐喒家去來

【煞尾】【生唱】春意透酥胸春色横眉黛賤却人間玉帛杏臉桃腮襯着月色嬌滴滴越顯紅白下香街懶步蒼台動人處弓鞋鳳頭窄歎鯫生不才謝多嬌情愛【生云】若小姐不棄小生此情一心者【生唱】你是必破工夫明夜早些來【下】

撫批 極盡驚喜之狀

第十四齣堂前巧辯

須問過來人　妙　妙　只此是妙　極妙

夫人歡郎上云這幾日竊見鶯鶯語言恍惚顏色倍加腰肢體態比向日不同莫不做下來了麼歡郎云前日晚夕妳妳睡了我見姐姐和紅娘燒香半晌不回來我家去睡了夫人云這椿事都在紅娘身上喚紅娘來歡叫紅科紅云哥哥喚我怎麼歡云妳妳知道你和姐姐去花園里去如今要打着問你哩紅云呀小姐你帶累我也小哥哥你先去我便來也紅叫鶯科紅云姐姐事發了也老夫人喚我哩却怎了鶯上云好姐姐遮盖咱紅云娘呵你做得隱秀者我道你做下來也鶯念月圓便有陰雲蔽花發須教急雨催

鬪鵪鶉（紅唱）則着你夜去明來。倒有個天長地久。不爭握雨携雲。常使我提心在口。則合帶月披星。誰着你停眠整宿。老夫人心數多。情性㑚。使不着我巧語花言。將沒作有。

紫花兒序（紅唱）老夫人猜那窮酸做了新壻。小姐做了嬌妻。只小賤人做了牽頭。俺小姐這些時春山低翠。秋水凝眸。別樣的都休。試把你裙帶兒拴。紐門兒扣。比着你舊時肥瘦。出落的精神。別樣的風流。（鶯云）紅娘你到那里多方回話者。（紅云）我若到夫人處。必問這小賤人

金蕉葉（紅唱）我着你去處行監坐守。誰着你迤逗的胡行亂走。若問着此一節呵。如何訴休。你便索與他個知情的

都道一些沒有

犯由（紅云）姐姐你受責理當我圖甚麼來

調笑令（紅唱）你繡幃裡效綢繆倒鳳顛鸞百事有我却在窓兒外幾曾敢輕咳嗽立蒼苔將繡鞋兒浸透今日箇嫩皮膚倒將麄棍抽姐姐呵俺這通慇懃的着甚來由（紅云）姐姐在這里等着我過去說過呵休歡喜說不過休煩惱（紅見夫人科）（夫人云）小賤人爲甚麼不跪下你知罪麼（紅云）紅娘不知罪（紅跪云）紅娘不知罪（夫人云）你故自口強哩若實說呵饒你若不實說呵我直打死你個賤人誰着你夜夜和小姐花園里去來（紅云）不曾去誰見來（夫人云）歡郎見你去來尚故自推哩（打紅科）（紅云）

妙

索性說明老夫人有何話說妙妙

妙

夫人休悶了貴手且息怒停嗔聽紅娘說鬼三台(紅唱)夜坐時停了針繡共姐姐閒窮究說張生哥哥病久咱兩箇背着夫人向書房問候(夫人云)問候呵他說甚麽(紅云)他說來(紅唱)道夫人事已休將恩變爲讐着小生半途喜變做憂他道紅娘你且先行教小姐權時落後(夫人云)他是個女孩兒家着他落後怎麽○你自想

禿廝兒(紅唱)我則道神鍼法灸誰承望燕侶鶯儔他兩箇經今月餘則是一處宿何須一一問緣由

聖藥王(紅唱)他每不識憂不識愁一雙心意兩相投夫人得好休便好休這其間何必苦追求常言道女大不中留

紅娘眞有二十分才二十分識二十分膽有此軍師何攻不破何戰不克宜乎鶯鶯城下乞盟也哉

夫人云這椿事都是你個賤人紅云非是紅娘之罪亦非張生小姐之罪乃夫人之過也夫人云這賤人到指下我來怎麽是我之過紅云信者人之根本人而無信不知其可也大車無輗小車無軏其何以行之哉當日軍圍普救夫人所許退軍者以女妻之張生非慕小姐顔色豈肯區區建退軍之策兵退身安夫人悔却前言豈得不爲失信乎既然不肯成其事只合酧之以金帛令張生捨此而去却不當留請張生於書院使怨女曠夫各相早晚窺視所以夫人有此一端之過目下老夫人若不息其事一來辱沒相國家譜二來張生日後名

聞天下施恩于人恐令反受其辱我便至官司夫人亦得治家不嚴之罪官司若推其詳亦知老夫人背義忘恩豈得爲賢哉紅娘不敢自專乞望夫人台鑒莫若恕其小過成就大事擱之以去其汚豈不爲長便乎○這丫頭是个大妙人

麻郎兒（紅唱）秀才是文章魁首姐姐是仕女班頭一個通徹三教九流一個曉盡描鸞刺綉

么（紅唱）世有便休罷手太恩人怎做敵頭啟白馬將軍故友斬飛虎叛賊草寇

絡絲娘（紅唱）不爭和張解元參辰卯酉便是與崔相國出

老夫人恕不得不是了

乖異醜到底干連着自己骨肉夫人索窮究（夫人云）這小賤人也道得是我不合養了這個不肖之女待經官呵玷辱家門罷罷俺家無犯法之男再婚之女與了這廝罷紅娘喚那賤人來（紅叫鶯云）且喜姐姐那棍子則是滴溜溜在我身上吃我直說過了我也怕不得許多如今喚你去待成合親事（鶯云）羞人荅荅的怎麼見得夫人（紅云）娘跟前有甚麼羞

妙人妙人

【小桃紅】（紅唱）當夜箇月明纔上柳梢頭却早人約黃昏後羞的我腦背後將牙兒襯着衫兒袖猛凝眸看時節則見鞋底尖兒瘦一箇恣情的不休一個啞聲兒厮耨呸那其

間可怎生不害半星見羞（鶯見夫人科）（夫人云）鶯鶯我怎生擡舉你來今日做下這等的勾當則是我的孽障待怨誰的是我待經官來辱沒了你父親這等事不是俺相國人家有的罷罷罷誰似俺養女的不氣勢紅娘書房里喚將那禽獸來（紅喚生科）小娘子喚小生做甚麼（紅云）你的事發了也如今夫人喚你來將小姐配與你哩小姐先招了也你過去（生云）小生惶恐如何見得老夫人誰在老夫人行說來（紅云）你休佯小心過去便了

（小桃紅）（紅唱）既然泄漏怎干休是我先投首俺家里陪茶陪酒到撋就你休愁何須約定通媒媾我擔了箇部署不

收你元來苗而不秀呸你是個銀樣鑞鎗頭（生見夫人科）（夫人云）好秀才呵豈不聞非先王之德行不敢行我待送你去官司里去來恐辱没了俺家譜我如今將鶯鶯與你爲妻則是俺三輩兒不招白衣女壻你明日便上朝取應去我與你養着媳婦得官呵來見我駁落呵休來見我（紅云）張生早則喜也

東原樂（紅唱）相思事一筆勾早則展放從前眉兒皺美愛幽歡恰動頭既能彀張生你覷兀的般可喜娘龐兒要人消受（夫人云）明日收拾行裝安排果酒請長老一同送張生到十里長亭去（下）（鶯云）寄語西河堤畔柳安排青眼

夫人夫人長老是兩行不得的

送行人

【收尾】（紅唱）來時節畫堂簫鼓鳴春晝列着一對兒鸞交鳳友那其間纔受你說媒紅方吃你謝親酒（並下）

摠批 紅娘是个牽頭一發是个大座主

第十五齣 長亭送別

（夫人長老上云）今日送張生赴京就十里長亭安排下筵席我和長老先行不見張生小姐來到（鶯生紅同上）（鶯云）今日送張生上朝取應早則離人傷感况值着暮秋天氣好煩惱人也呵悲歡聚散一盃酒南北東西萬里程

妙。妙。　妙。妙。

端正好（鶯唱）碧雲天黄花地西風緊北鴈南飛曉來誰染
霜林醉總是離人淚
滚綉毬（鶯唱）恨相見得遲怨歸去得疾柳絲長玉驄難繫
恨不得倩疎林掛住斜暉馬兒迍迍行車兒快快隨却告
了相思廻避破題兒又早别離聽得道一聲去也鬆了金
妙　妙
釧遥望見十里長亭減了玉肌此恨誰知（紅云）姐姐今日
怎麽不打扮（鶯云）紅娘呵怎麽不知道我的心哩
叨叨令（鶯唱）見安排着車兒馬兒不由人熬熬煎煎的氣
有甚麽心情花兒靨兒打扮的嬌嬌滴滴媚准備着被兒
枕兒則索昏昏沉沉的睡從今後衫兒袖兒揾濕做重重

小姐在坐何以容得個和尚

妙

疊疊淚兀的不悶殺人也麼歌兀的不悶殺人也麼歌今已後書兒信兒索與我恓恓惶惶的寄（並至長亭見夫人科）（夫人云）張生和長老坐小姐這壁坐紅娘將酒來張生、你向前來、是自家人、不要迴避、此行努力掙揣一箇狀元回來、休得辜負了俺孩兒、（生云）小生托夫人餘蔭、憑着我胸中之才、覷官如拾芥耳、（本云）夫人主張不差、張先生不是落後的人、把酒坐科（鶯吁科）

（脫布衫）（鶯唱）下西風黃葉紛飛染寒烟衰艸萋迷酒席上斜簽着坐的蹙愁眉死臨侵地

（小梁州）（鶯唱）我見他閣淚汪汪不敢垂恐怕人知猛然見

了把頭低長吁氣推整素羅衣

么（鶯唱）雖然久後成佳配奈時間怎不悲啼意似癡心如醉昨宵今日清減了小腰圍（夫人云）小姐把盞者（紅遞酒鶯把盞生吁科（鶯云）請酒

上小樓（鶯唱）合歡未巳離愁相繼想着俺前暮私情昨夜成親今日別離我諗知這幾日相思滋味却元來比別離情更增十倍

妙

么（鶯唱）年少呵輕遠別情薄呵易棄擲全不想腿兒相壓

和尚前說不得如此話

臉兒相偎手兒相携你與俺崔相國做女壻夫榮妻貴但得一個並頭蓮強似狀元及第（紅云）姐姐不曾吃早飯飲

淡絕妙妙

一口兒湯水（鶯云）紅娘甚麼湯水嚥得下

滿庭芳（鶯唱）供食太急須臾對面頃刻別離若不是酒席間子母每當迴避有心待與他舉案齊眉

么（鶯唱）雖然是厮守得一時半刻也合着俺夫妻每共卓而食眼底風流意尋思起就里敎化做望夫石（夫人云）紅娘把盞者（紅把酒科）

快活三（鶯唱）將來的酒共食嘗着似土和泥假若便是土和泥也有些土氣息泥滋味

朝天子（鶯唱）煖溶溶玉盃白冷冷似水多半是相思淚眼面前茶飯怕不待要吃恨塞滿愁腸胃蝸角虛名蠅頭微

和尚也無趣

剎拆鴛鴦在兩下里一箇這壁一箇那壁一遞一聲長吁氣（夫人云）輛起車兒俺先回去小姐和紅娘隨後些兒來（下）（本辭生科）此一行別無話說貧僧准備買登科錄拱候先生榮歸做親的茶飯少不得貧僧的先生鞍馬上保重者從今懺悔無心禮專聽春雷第一聲（本下）

四邊靜（鶯云）霎時間杯盤狼藉車兒投東馬兒向西兩意徘徊落日山橫翠知他今宵宿在那里有夢也難尋覓（鶯云）先生此一行得官不得官須早辦歸期（生云）小生這一去白奪一箇狀元正是青雲有路終須到今榜無名誓不歸○蠢蟲不知趣極了（鶯云）君行無所贈口占一絕為君

送行、

棄擲今何在　當時且自親

還將舊來意　憐取眼前人

（生云）小姐之意差矣、張珙更敢憐誰謹賡一絶以表寸心、

人生長遠別　孰與最關親

不遇知音者　誰憐長嘆人

（耍孩兒）（鶯唱）淋漓襟袖啼紅泪、比司馬青衫更濕、伯勞東去燕西飛、未登程先問歸期、雖然眼底人千里、且盡生前酒一盃、未飲心先醉、眼中流血、心内成灰、

妙妙　妙　妙

五煞〔鶯唱〕到京師服水土趁程途節飲食順時自保揣身體荒村雨露宜眠早埜店風霜要起遲鞍馬秋風裏最難調護最要扶持

四煞〔鶯唱〕這憂愁訴與誰想思只自知老天不管人憔悴泪添九曲黃河溢恨壓三峰華嶽低到晚來悶把西樓倚見了些夕陽古道衰柳長堤

三煞〔鶯唱〕咲吟吟一處來哭啼啼獨自歸歸家若到羅幃里昨日箇綉衾香煖留春住今夜箇翠被生寒有夢知留戀你別無意見據鞍上馬閣不住淚眼愁眉〔生云〕小姐有甚麼言語囑付小生咱

妙

二煞【鶯唱】你休憂文齊福不齊我則怕你停妻再娶妻你休要一春魚雁無消息我這裏青鸞有信頻須寄你却休金榜無名誓不歸此一節君須記若見了那異香花艸再休似此處栖遲【生云】再誰似小姐小生怎肯又生此念

一煞【鶯唱】青山隔送行踈林不做美淡烟暮靄相遮蔽夕陽古道無人語禾黍秋風聽馬嘶我為甚麼懶上車兒內來時甚急去後何遲【紅云】夫人去好一會姐姐咱家去罷

收尾【鶯唱】四圍山色中一鞭殘照裡遍人間煩惱填胸臆量這些大小車兒如何載得起【並下】【生云】琴童趕早行一程兒早尋個宿處淚隨流水急愁逐野雲飛【下】

是愁。

受用甚。。。來。

妙。。妙。

總批描寫盡情

第十六齣艸橋驚夢

（生引琴童上云）離了蒲東早三十里也。兀的那前面是草橋店里宿一宵明日趕早行。這馬也百般的不肯悉呵行色一鞭催去馬。羈愁萬斛引新詩。

新水令（生唱）望蒲東蕭寺暮雲遮慘離情半林黃葉馬遲人意懶風急鴈行斜離恨重疊破題兒第一夜（生云）想着昨日受用誰知今日淒涼。

步步嬌（生唱）昨日箇翠被香濃薰蘭麝欹珊枕把身軀兒趄臉兒廝揾者仔細端詳可憎的別鋪雲鬢玉梳斜恰便

這樣想頭文人從何處得來

似半吐初生月（生云）早至也店小二哥那里（小二上云）官人俺這頭房里下（生云）琴童接了馬者點上燈我諸般不要吃則要睡些兒（琴童云）小人也辛苦待歇息也在前打鋪咱（睡科）（生云）今夜甚睡得到我眼里來也呵

（落[illegible]風）（生唱）旅館欹單枕秋蛩鳴四野助人愁的是紙窗兒風裂乍孤眠被兒薄又怯冷清清幾時溫熱〇象夜了（冬生）

睡科（鶯上云）長亭畔別了張生好生放不下老夫人和梅香都睡着了我私奔出城趕上和他同去

（喬木查）（鶯唱）走荒郊曠野把不住心喬怯喘吁吁難將兩氣接疾忙趕上者打草驚蛇

妙。妙。　亦曾經來。　妙。妙。

【攪箏琶】（鶯唱）他把我心腸揞。因此上不避路途賒。瞞過俺能拘管的夫人。穩住俺廝齊攢的侍妾。想着他臨上馬痛傷嗟。哭得也似痴呆。不是我心邪自別離巳後到日初斜愁得來陡峻瘦得來唓嗻則離得半個日頭却早寬掩過翠裙三四褶誰曾經這般磨滅

【錦上花】（鶯唱）有限姻緣方纔盛貼無奈功名使人離缺害。不了的愁懷却纔覺些掉不下的思量如今又也

【么】清霜淨碧波。白露下黃葉。下下高高道路凹折。四野風來左右亂踅。我這里奔馳他何處困歇（鶯鶯做聽科）

【清江引】（鶯唱）呆答孩店房兒里沒話說悶對如年夜。暮雨

催寒蛩。曉風吹殘月。今宵酒醒何處也（鶯云）元來在這箇
店兒里不免敲門（生云）誰敲門哩是一個女子聲音我
且開門看咱這早晚是誰
慶宣和（生唱）是人呵疾忙快分說是鬼呵合速滅（鶯云）是
我老夫人睡了想你去了呵幾時再得見特來和你同
去（生唱）聽說罷將香羅袖兒拽却元來是小姐（生云）難
得小姐恁般心勤
喬牌兒（生唱）你爲人須爲徹將衣袂不藉繡鞋兒被露水
泥沾惹腳心兒管踏破也（鶯云）我爲你呵顧不得迢遞了
甜水令（鶯唱）想着你廢寢忘餐香消玉減花開花謝猶自

覺爭些便枕冷衾寒鳳隻鸞孤月圓雲遮尋思來有甚傷
嗟
折桂令（鶯唱）想人生最苦離別可憐見千里關山獨自跋
涉似這般割肚牽腸到不如義斷恩絶雖然是一時間月
殘月缺你呵休猜做瓶墜簪折不戀豪傑不羨驕奢生則
同衾死則同穴（卒子上云）恰纔見一女子渡河分明見他
走在這店中去了打起火把者將出來將出來（生云）却
怎了（鶯云）你近後我自開門説去
水仙子（鶯唱）硬圍着普救寺下鍬撅強當住咽喉仗劍鉞
賊心腸饞眼腦天生得劣（生云）我對他説（鶯唱）休言語靠

妙。妙。逼。真。夢。里。光。景。

妙。妙。入。神。

後些（卒云）你是誰家女子黄夜渡河（鶯云）你休胡說（鶯唱）杜將軍你知道他是英傑覷一覷着你爲了醯醬指一指化做醟血騎着一疋白馬來也（復指着杜將軍普救寺非夢而何）（卒搶鶯下）（生云）小姐小姐摟住琴童科（琴云）哥哥怎麼（生云）小姐搶在那里去了（琴云）這里那有那勾當（生云）哈原來却是夢里且將門兒推開看呀只見一天露氣滿地霜華曉星初上殘月猶明無端燕鵲高枝上一枕鴛鴦夢不成。

（鴈兒落）（生唱）綠依依墻高柳半遮靜悄悄門掩清秋夜疎剌剌林稍落葉風昏慘慘雲際穿窻月

妙。妙妙。

妙。

得勝令（生唱）驚覺我的是顫巍巍竹影走龍蛇，虛飄飄莊周夢蝴蝶，絮叨叨促織兒無休歇，韻悠悠砧聲兒不斷絕，痛煞煞傷別，急煎煎好夢兒應難捨，冷清清的咨嗟，嬌滴滴玉人兒何處也。（琴童云）天明也，咱早行一程兒，前面打火去。（生云）店小二哥，筭還你房錢，鞴了馬者。（琴童上馬科）

鴛鴦煞（生唱）柳絲長咫尺情牽惹，水聲幽彷彿人嗚咽，斜月殘燈半明不滅，唱道是舊恨連綿，新愁鬱結，恨塞離愁滿肺腑難淘瀉，除紙筆代喉舌，千種思量對誰說。

絡絲娘煞（生唱）都則爲一官半職，阻隔得千山萬水。

總批 文章至此更無文矣

第十七齣 泥金報捷

（生引琴童上云）自暮秋與小姐相別已經半載托賴祖宗之蔭一舉得第忝中探花郎如今在客館中聽候御筆除授惟恐小姐掛念且修一封書先令琴童回去達知夫人小姐以安其心琴童過來（琴童應科）（生云）你將文房四寶來我寫就家書一封與我星夜到河中府去見小姐時說官人怕娘子憂特地先着小人將書來報喜即忙接了回書來者這日月好難過也阿

（賞花時）（生唱）相見時紅雨紛紛點綠苔別離後黃葉蕭蕭

凝暮靄今日見梅開別離半載（生云）琴童我囑付你的言語小心記着（生唱）則說道特地寄書來（下）（琴童云）領了這書星夜望河中府走一遭（下）（鶯紅上鶯云）自張生去京師半年有餘杳無音信這些時神思不快妝鏡懶擡腰肢消瘦茜裙寬褪好生煩惱人也呵

集賢賓（鶯唱）雖離了我眼前悶却在心上有不甫能離了心上又早在眉頭忘了依然還又惡思量無了無休大都來一寸眉峰怎當他許多顰皺新愁近來接着舊愁厮混了難分新舊舊愁似太行山隱隱新愁似天塹水悠悠（紅云）姐姐往常針尖不倒其實不曾閒了一個綉牀如今

妙妙

百般的悶倦、往常也曾不快、將息便可、不似這一場清減得十分利害、

逍遥樂（鶯唱）曾經消瘦、每遍猶閒、這番最陡。（紅云）姐姐心兒悶呵、那里散心耍咱、（鶯唱）何處忘憂、看時節獨上妝樓、手捲朱簾上玉鈎、空目斷山明水秀、見蒼烟迷樹、衰草連天、野渡横舟、（鶯云）紅娘、我這衣裳這些時都不似我穿的（紅云）姐姐、正是腰細不勝衣、

掛金索（紅唱）裙染榴花、睡損胭脂皺。紐結丁香、掩過芙蓉扣、線脱珍珠、淚濕香羅袖、楊柳眉顰。人比黄花瘦。（琴童上）

（琴童云）奉官人言語、特將書來與小姐、恰纔前廳上見了夫

人夫人好生歡喜着入來見小姐早至後堂（亥欬科）紅問云誰在外廂（琴見紅科）（紅笑云）你幾時來可知道昨夜燈花爆今朝喜鵲噪姐姐正煩惱哩你自來和哥哥來（琴童云）哥哥得了官也着我寄書來（紅云）你則在這里等着我對姐姐說了呵喚你進來（紅笑見鶯科）（鶯云）這小妮子怎麽（紅云）姐姐大喜大喜咱姐夫得了官也（鶯云）這妮子見我悶呵特故哄我（紅云）琴童在門首見了夫人了使他進來見姐姐說道姐夫有書（鶯云）慚愧我也有盼着他的日頭喚他入來（童云）小夫人琴童叩頭（鶯云）琴童你幾時離京師（琴童云）一月多也我來時

哥哥去吃遊街棍子去了〔鶯云〕這禽獸不省得狀元喚
做誇官遊街三日〔琴童云〕夫人說的便是有書在此〔鶯
接書科〕

妙妙

〔金菊香〕〔鶯唱〕早是我只因他去減了風流不爭你寄得書
來又與我添些證候說來的話兒不應口無語低頭書在
手淚凝眸〔鶯開書看科〕

妙妙

〔醋葫蘆〕〔鶯唱〕我這里開時和淚開他那里修時和淚修多
管閣着筆尖兒未寫早淚先流寄來書淚點兒兀自有我
將這新痕把舊痕湮透正是一重愁番做了兩重愁〔鶯念
書科〕張珙百拜奉啓鶯娘芳卿可人妝次自暮秋拜違

迨今半載、上賴祖宗之廕、下托賢妻之德、舉中甲第、今於招賢館寄跡、以伺〇〇御筆除授、惟恐夫人與賢妻憂念、特令琴童奉書馳報、俱候興居、小生身遥心邇、恨不得鶼鶼比翼、邛邛並軀、重功名而薄恩愛者、誠有淺見貪饕之罪、他日面會、自當請謝不備、偶成一絶、附奉清照、

玉京仙府探花郎　寄語蒲東窈窕娘

指日拜恩衣晝錦　定須休作倚門粧

（鶯云）慚愧也、探花郎是第三名、

（么）（鶯唱）當日向西廂月底潛、今日呵瓊林宴上趨、誰承望

映帶相思處妙

跳東牆脚步兒占了鰲頭怎想道惜花心養成折桂手脂粉叢里包藏着錦綉從今後晚粧樓改做了誌公樓【鶯云】你吃飯不曾【琴童云】小人未曾吃飯【鶯云】哈紅娘你快取飯與他吃【琴童云】感蒙賞賜小人就此吃飯夫人就寫下書俺哥哥着煩夫人回書至緊至緊【鶯云】紅娘將筆硯來【寫科】【鶯云】書却寫了無可表意只有汗衫一領褁肚一條絹襪一雙瑤琴一張玉簪一枚斑管一枝琴童你收拾得好者紅娘取十兩銀來與琴童做盤纏【紅云】姐夫得了官豈無這幾件兒東西寄與他有甚緣故【鶯云】你不知道

梧葉兒（鶯唱）這汗衫他若是和衣卧便是和我一處宿但粘着他皮肉不信不想我溫柔（紅）這褁肚要怎麽（鶯唱）常不離了前後守着他左右緊緊的繫在心頭（紅云）這襪兒如何（紅唱）拘管他胡行亂走（紅云）這琴他那里自有又將去怎麽、

后庭花（鶯唱）當時五言詩緊趂逐後來因七絃琴成配偶他怎肯冷落了詩中意我則怕生踈了絃上手（紅云）玉簪呵有甚意（鶯唱）我須索有箇緣由他如今功名成就則怕他撇人在腦背後（紅云）斑管要怎的（鶯唱）湘江兩岸秋當日娥皇因虞舜愁今日鶯鶯爲君瑞憂這九嶷山下竹

共香羅衫袖口。

〔青歌兒〕（鶯唱）都一般啼痕。啼痕湮透。似這等淚斑。淚斑宛然依舊。萬古情緣一樣愁。涕淚交流。怨慕難收。對學士叮嚀說緣由。是必休忘舊。（鶯云）這東西收拾好者。（琴童云）理會得

物去人亦去矣

〔醋葫蘆〕（鶯唱）你逐宵野店上宿。休將包袱做枕頭。怕油脂膩展污了恐難酧。倘或水浸雨濕休便扭。我則怕乾時節熨不開摺皺。一樁樁一件件仔細收留。

不是愛那東西

〔金菊香〕（鶯唱）書封鴈足此時修。情繫人心早晚休。長安望來天際頭。倚遍西樓。人不見水空流。（琴童云）小人拜領回

書即便去也、鶯云琴童你去見官人對他說、

浪里來煞鶯唱他那里爲我愁、我這里因他瘦、臨行時啜賺人的巧舌頭、指歸期約定九月九、不覺的過了小春時候、到如今悔敎夫壻覓封侯、琴童云得了回書星夜回哥哥話去並下

摠批寄物都是寄人去妙妙

第十八齣　尺素緘愁

生上云畫虎未成君莫笑、安排牙爪始驚人、本是舉過便除奉〇〇着翰林院編修國史、多佳兩月、誰知我的心事、甚麼文章做得成、使琴童遞送佳音、又不見回來、

這幾日睡臥不寧飲食少進給假在驛亭中將息早間太醫院醫官來看視下藥去了我這病盧扁也醫不得自離了小姐無一日心閒也呵

【粉蝶兒】（生唱）從到京師思量心旦夕如是向心頭橫倘着（妙）俺那鶯兒請良醫看脉罷一星星說是本意待推辭則被他察虛實不須看視

【醉春風】（生唱）他道是醫雜症有方術（妙）治相思無藥餌鶯鶯呵你若是知我害相思我甘心兒死死（妙）四海無家一身客寄半年將至（琴童上云）我則道哥哥除了職元來在驛中抱病須索回書去咱（琴童見生科）（生笑云）你回來了也

○妙

迎仙客（生唱）疑怪這噪花枝靈鵲兒垂簾幙喜蛛兒正應着短檠上夜來燈報時若不是斷腸詞決定是斷腸詩（琴童云）小夫人有書在此（生接科唱）寫時節多管是泪如絲既不呵怎生泪點兒封皮上漬（開讀書科）薄命妾崔氏歛衽拜覆君瑞才郎文几別逾半載奚啻三秋思慕之心未嘗少怠昔云日近長安遠妾今始信斯言矣琴童至得見翰墨知君瑞置身青雲且悉佳況少慰離人沉思有君如此妾復何言琴童促回無以達意聊具瑤琴一張玉簪一枚斑管一枝褁肚一條汗衫一領絹襪一

或者不是字好

雙物雖微鄙願君詳納春風多厲千萬珍重珍重千萬

後係來韻敬書一絕統乞清照

闌干倚遍盼才郎　莫戀宸京王四娘

病裡得書知中甲　窗前覽鏡試新妝

（生云）那風風流流的姐姐似這等女子張珙死也死得着了且莫說別的

【上小樓】（生唱）這的是堪爲字史當爲款識有柳骨顏觔張旭張顛義之獻之此一時彼一時佳人才思俺鶯鶯世間無二

【么】（生唱）俺做經呪般持符籙般使高似金章重似金帛着

妙妙

妙妙

或者不是汗衫好

鶯鶯又與琴俱來了

似金資這上面若僉個押字使個令史差個勾使則是一張忙不及印赴期的咨示（見汗衫科）（生云）休說文章則看他這針指人間少有

【滿庭芳】（生唱）怎不教張生愛你堪與針工生色女教爲師幾千般用意針針是可索尋思長共短又沒個樣子窄和寬想像着腰肢好共歹無人試想當初做時用煞那小心兒

（生云）小姐寄來這幾件東西都有緣故的一件件我都猜着了

【白鶴子】（生唱）這琴他教我閉門學禁指留意譜聲詩調養聖賢心洗蕩巢由耳

鶯鶯又與玉簪俱来了

斑管裡也有鶯鶯

褁肚裡也有鶯鶯

不見襪却是鶯鶯

二煞（生唱）這玉簪纖長如竹笋細白似葱枝溫潤有清香瑩潔無瑕玼。

三煞（生唱）這斑管霜枝曾棲鳳凰時因甚淚點漬胭脂當時舜帝慟娥皇今日教淑女思君子

四煞（生唱）這褁肚手中一葉綿燈下幾回絲表出腹中愁果稱心間事

五煞（生唱）這襪兒針脚兒細似蟣子絹帛兒膩如鵝脂既知禮不胡行願足下當如此（生云）琴童你臨行小夫人對你說甚麽（琴童云）着哥哥休忘舊意別繼新姻（生云）小姐你尚然不知我的心哩、

妙　妙

【快活三】（生唱）冷清清客舍兒，風淅淅雨絲絲，雨兒零，風兒細，夢回時，多少傷心事。

【朝天子】（生唱）四肢不能動止，急切里盼不到蒲東寺。小夫人須是你見時，別有甚閒傳示？（琴云）再無他語。（生唱）我是箇浪子官人，風流學士，怎肯去帶殘花折舊枝。自茲到此，不遊閒街市。

【賀聖朝】（生唱）少甚宰相人家，招婿的嬌姿。其間或有箇人似你，那里取那温柔，這般才思。鶯鶯意兒，怎不教人夢想眠思。（生云）你來，將這衣裳東西收拾好者。

【耍孩兒】（生唱）書房中傾倒個藤箱子，向箱子里面鋪幾張

妙。妙。

都是不能描寫的却描寫到此更妙在不了

紙放時節用意取包袱休教藤刺兒抓住綿絲高擡在衣架上怕吹了顏色亂穰在包袱中恐錯了褶兒當如此切須愛護勿得因而

【二煞】（生唱）恰新婚纔燕爾爲功名來到此長安憶念蒲東寺昨宵愛春風桃李花開夜今日愁秋雨梧桐葉落時愁如是身遥心邇坐想行思

【三煞】（生唱）這天高地厚情直到海枯石爛時此時作念何時止直到燭灰眼下纔無淚蠶老心中罷却絲我不比遊蕩輕薄子輕夫婦的琴瑟拆鸞鳳的雄雌

【四煞】（生唱）不聞黃犬音難傳紅葉詩驛長不遇梅花使孤

妙在不了是那个至

身去國三千里一日歸心十二時凭闌視聽江聲浩蕩看山色參差

尾聲 生唱憂則憂我在病中喜則喜你來到此捱至得引魂靈卓氏音書至險將這害鬼病的相如盼望死（下）

摠批 妙妙見物都是見人來

第十九齣 鄭恒求配

〔鄭恒上云〕自家姓鄭名恒字伯常先人拜禮部尚書不幸早喪後數年又喪母先人在時曾定下俺姑娘的女孩兒鶯鶯為妻不想姑夫亡化鶯鶯孝服未滿不曾成親俺姑娘將着這靈櫬引着鶯鶯回搏陵下葬為因路

阻不能得去數月前寫書來喚我同扶柩去因家中無
人來得遲了我離京師來到河中府打聽得因孫飛虎
欲擄鶯鶯爲妻得一個張君瑞退了賊兵俺姑娘復許
了他又聞得張君瑞連中甲第沒這箇消息便好去見
姑娘既聽得這箇消息我便撞將去呵沒意思這一件
事都在紅娘身上我着人去喚他則說哥哥從京師來
不敢逕來見姑娘着紅娘來下處來有話對姑娘行說
去若紅娘來呵且瞞過張生得中那邊方可和他說話
紅上云鄭恒哥哥在下處不來見夫人却喚我說話夫
人着我來看他說甚麽見鄭恒科哥哥萬福夫人道哥

哥來到呵怎麽不逕來家里來〔鄭恒云〕我有甚麽顏色見姑娘我喚你來的緣故道是怎生當日姑夫在時曾許下這門親事我今番到這里姑夫孝已滿了特地央及你去夫人行說知揀一箇吉日成合了這件事好和小姐一荅里扶柩去不爭不成合一荅里路上難厮見若說的肯呵我重重的相謝你〔紅云〕這一節話再也休題鶯鶯已與了張生也〔鄭恒云〕道不得一馬不跨雙鞍可怎生父在時曾許下我父喪之後母到悔親這箇道理那里有〔紅云〕即非如此說當日孫飛虎將半萬人馬來時哥哥你在那里若不是那生呵那里得俺一家兒

來、今日太平無事、却來爭親、倘被賊人擄去呵、你往那里去爭。那丫頭也很。〔鄭恒云〕與了一個富家、也不枉了、却與了這箇窮酸餓醋、偏我不如他、我仁者能仁、身里出身的根脚、又是親上的親、況兼他父命、〔紅云〕他到不如你、噤聲、

曲不好

〔鬭鵪鶉〕〔紅唱〕賣弄你仁者能仁、倚仗你身里出身、至如你官上加官、也不教你親上做親、又不曾執羔雁邀媒、獻幣帛問肯、恰洗了塵、便待要過門、枉腌了他金屋銀屛、枉汚了他錦衾綉裀、

〔紫花兒序〕〔紅唱〕枉蠢了他梳雲掠月、枉羞了他惜玉憐香、

得看　趣
枉村了他嬸兩尤雲當日三才始判二儀初分乾坤清者
爲乾濁者爲坤人在中間相混君瑞是君子清貧鄭恒是
小人濁民（鄭恒云）賊來他一箇人怎的退得却是胡說（紅
云）我對你說
（天淨紗）（紅唱）把橋梁飛虎將軍叛蒲東擄掠人民半萬賊
屯合寺門手橫着雙刃高叫道要鶯鶯做壓寨夫人（鄭恒
云）半萬賊他一箇人濟甚麽事（紅云）賊圍甚迫老夫人
慌了和長老商議拍手高叫兩廊不問僧俗如退得賊
兵的便將鶯鶯與他爲妻時有遊客張生應聲而言我
有退兵之策何不問我夫人大喜就問其計何在那生

麼得妙。到得你鬪名時都不好了。曲好。醜。

道我有故人白馬將軍、見統十萬大兵、鎮守蒲關、我修書一封、着人寄去、必來救我、果然書至兵來、其困即解、

【小桃紅】（紅唱）若不是洛陽才子善屬文、火急修書信、白馬將軍到時分、滅了烟塵、夫人小姐都心順、則爲他威而不猛、言而有信、因此上不敢慢於人（恒云）我自來未嘗聞其名、你這個小妮子、賣弄他偌多本事、（紅云）怎麼便罵我須索說你聽咱、

【金蕉葉】（紅唱）他憑着講性理齊論魯論、作賦詞韓文柳文、他識道理爲人敬人、俺家人有信行知恩報恩（恒云）就憑你說也、畢竟比不得我、

是想　醜　這個丫頭也辨　牽强

〔調笑令〕〔紅唱〕你直一分。他直百十分。螢火焉能比月輪。高低遠近都休論。我且拆白道字辯與你個清渾。〔恒云〕這小妮子省得甚麼拆白道字。你説與我聽。〔紅唱〕君瑞是個肖字這壁着個立人。你是個寸木馬戶尸巾。（聰明）〔恒云〕寸木馬戶尸巾。你道我是個村驢屌。我祖代是相國之門。到不如那個白衣餓夫窮士。則是窮士做官的。則是做官。

〔禿廝兒〕〔紅唱〕他憑師友君子務本。你倚父兄仗勢欺人。齏鹽日月不嫌貧。治百姓新民傳聞。

〔聖藥王〕〔紅唱〕這廝喬議論。有向順。你道是官人則合做官

大是　紅娘又護和尚了

人信口噴不本分你道窮民到老是窮民却不道將相出
寒門（恒云）這椿事都是那法本禿驢弟子孩兒我明日慢
慢的和他說話
麻郎兒（紅唱）他出家兒慈悲爲本方便爲門橫死眼不識
好人招禍口不知分寸（恒云）這是姑夫的遺留我揀日牽
羊擔酒上門去看姑娘怎麽發落我
妙　妙
么（紅唱）越勍發村使狠甚的是軟欵溫存硬打捱强爲眷
姻不覩事强諧秦晉（恒云）姑娘若不肯着二三十個伴當
擡上轎子到下處脫了衣裳急赶將來還你一個婆娘
好計
○較

聰明○妙○

〔絡絲娘〕（紅唱）你須是鄭相國嫡親舍人，須不是孫飛虎家生的莽軍。喬嘴臉、醃軀老、死身分，少不得有家難奔。（恒云）兀的那小妮子，眼見得受了招安了也。我也不對你説，明日我要娶，我要娶。（紅云）不嫁你，不嫁你。

〔收尾〕（紅唱）佳人有意郎君俊，我待不嗑來其實怎忍。（恒云）你再嗑一聲我聽。（紅云）你這般頹嘴臉，（唱）則好偷韓壽下風頭香，傳何郎左壁廂粉。（恒脫衣科）（紅下）（恒云）這妮子擬定都和酸丁演撒○旣知何必問 我明日自上門見俺姑娘，則做不知，我則道張生贅在衛尚書家做了女婿。俺姑娘最聽是非，他自小又愛我，必有好話。休説別的，則

醜

這一套衣服也衝動他自小京師同住慣會尋章摘句
姑夫許我成親誰敢將言相拒我若放起刁來且看鶯
鶯那里去且將壓善欺良意權作尤雲滯雨心(下)(夫上
云)夜來鄭恒至不來見我喚紅娘去問親事據我的心
則是與姪兒是况兼相國在時已許下了我便是違了
先夫的言語不料這厮每做下來着我首鼠兩端展轉
不決且待鄭恒來見我再作區處(鄭恒上云)來到也不
索報覆自入去見夫人拜夫人哭科(夫人云)孩兒既來
到這里怎麽不來見我(恒云)小孩兒有甚嘴臉來見姑
娘(夫人云)鶯鶯爲孫飛虎一節等你不來無可解危許

小人偏会粘點是非婆子偏会

張生也（恒云）那個張生、敢便是中探花的張生、我在京師看榜來、年紀有二十四五歲、洛陽張珙、誇官遊街、三日第二日頭、踏正來到衛尚書家門首、尚書的小姐十八歲也、結着綵樓在那御街上、則一毬正打着他、我也騎着馬看、險些打着我。（醜）他家麄使梅香十餘人、把那張生橫拖倒拽入去、他口叫道、我自有妻、我是崔相國家女壻、那尚書是權豪勢要之家、那里聽說、則管拖將入去了、他也是出於無奈、那尚書又說道、我女奉（妙）○招女婿、閙說那崔小姐是先姦後娶的、法合離異、今且着他爲次妻、因此閙動京師、故認得他是張生（夫人怒云我道這秀才不中擡舉、今日果然負了俺家俺相國之家、世無與人做次妻之理、既然張生奉〇〇娶了妻孩兒、你揀箇吉日良辰、依着姑夫的言語、依舊來我家做女婿者、恒云倘或張生有言語呵、怎生、夫人云放心、有我哩、下恒喜云中了我的計策了、准備筵席茶禮花紅、剋日過門者、下本上云老僧昨日買登科録看來、張先生果然高第、除受河中府尹、誰想夫人没主張、又許了鄭恒親事、老夫人不肯去接、我將着餚饌直至十里長亭、接官走一遭、下杜將軍上云奉〇〇着小官主兵蒲關、提調河中府事、上馬管軍、下馬管民、且喜君瑞

兄弟一舉得第正授河中府尹不曾遠迎如今在崔老
夫人宅里下榻定乘此機會成親小官牽羊擔酒直至
其宅一來慶賀登第二來就主親事與兄弟成此佳偶
左右那里將馬來到河中府走一遭（下）

揔批 紅娘爲何如此護着張生疑心疑心

第二十齣 衣錦還鄉

（生上云）下官奉○○正授河中府尹今日衣錦還鄉小
姐金冠霞帔都將着若見呵雙手索送過去誰想有今
日也文章舊冠乾坤內姓字新聞日月邊
新水令（生唱）玉鞭驕馬出黃都暢風流玉堂人物今朝三

怯帶相思處有情

品職昨日一寒儒御筆親除將姓名翰林註
駙馬聽生唱張珙如愚酹志了三尺龍泉萬卷書鶯鶯有
福穩請了五花官誥七香車身榮難忘借僧居愁來猶記
題詩處從應舉夢魂兒不離了蒲東路生云接了馬者見
夫人科新任河中府尹壻張珙參見夫人夫人云你是奉
的女壻我怎消受得你拜
喬牌兒生唱我謹躬身問起居夫人這慈色為誰怒我則
見丫鬟使數都厮覷莫不我身邊有甚事故生云小生去
時夫人親自餞行喜不自勝今日中選得官夫人反行
不悅何也夫人云你如今那里想着俺家道不得箇靡

不有初、鮮克有終、我一個女孩兒、雖然殘粧貌陋、他父
爲前朝相國、若非賊來、足下甚氣力到得俺家、今日一
旦置之度外、却於衛尚書家作贅、其理安在、（生云）夫人
聽誰説來、若有此事、天不蓋、地不載、害個老大的疔瘡○○○○○○
○ 謹
雁兒落（生唱）若説着絲鞭仕女圖、端的是塞滿章臺路、小
生向此間懷舊恩、怎肯別處尋新配、
得勝令（生唱）豈不聞君子斷其初、我怎肯忘得有恩處、那
一個賊畜生行嫉妒、走將來老夫人行厮見、阻不能勾嬌
姝早共晚施心數、説來的無徒、遲和疾上木驢、（夫人云）是

吃醋

鄭恒說來綉毬兒打着馬、已做衛尚書女壻也、你不信呵、喚紅娘來問〔紅上云〕我巴不得見他元來得官回來慚愧、這是非對着也、〔生背問云〕紅娘小姐好麼〔紅云〕爲你別做了女壻俺小姐依舊嫁了鄭恒也〔生云〕有這般蹺蹊事、

〔慶東原〕〔生唱〕那里有糞堆上長連枝樹淤泥中生比目魚不明白展汚了姻緣簿、鶯鶯呵你嫁個油煤猢猻的丈夫紅娘呵你伏侍個烟熏猫兒姐夫張生呵你撞着水浸老鼠的姨夫這厮壞了風俗傷了時務、

〔喬木查〕〔紅唱〕妾前來拜覆省可里心頭怒間別來安樂否

你那新夫人何處居比俺姐姐是何如（生云）和你也葫蘆提了也小生爲小姐受過的苦諸人不知須瞞不得你

（攪箏琶）（生唱）小生若求了媳婦則目下便身殂我怎肯忘得待月迴廊難撇下吹簫伴侶受了些活地獄下了些死工夫甫能得做夫妻見將着夫人誥勑縣君名稱怎生待歡天喜地兩隻手兒分付與剗地到把人賍誣（紅對夫人云）我道張生不是這般人則請小姐出來自問他（叫鶯鶯科）姐姐你來問張生其事便知端的我不信他直恁般薄情（鶯上見生科）（生云）小姐間別無恙（鶯云）先生萬福 妙

（紅云）姐姐有言語和他説破（鶯長吁云）待説甚麼的是

益　鶯神極　鶯態妙絕　妙絕

沉醉東風（鶯云）不見時準備着千言萬語，得相逢都變做短嘆長吁。他急穰穰却纔來，我羞荅荅怎生覷，將腹中愁恰待申訴，及至相逢，一句也無。剛道個先生萬福。（鶯云）張生，俺家何負足下？足下竟弃妾身，去衛尚書家爲壻，于心何安？（生云）誰說來？（鶯云）鄭恒在夫人行說來。（生云）小姐如何聽這厮？張珙之心，惟天可表。

落梅花（生唱）從離了蒲東郡，來到京兆府，見個佳人世不曾回顧，硬揣個衛尚書家女孩兒爲了眷屬，曾見他影兒的也教滅門絕戶。（生云）這一樁事都在紅娘身上，我則將言語傍着他，看他說甚麽。紅娘，我聞人來說道你與小姐將簡帖先去喚鄭恒來。紅云痴人我不合與你作成，你便看得一般兒易了。

只怕你曾寄柬傳書來

【甜水令】紅唱 君瑞先生，不索躊躇，何須憂慮，那厮本意糊突。俺家世清白，祖宗賢良，相國名譽，我怎肯他跟前寄簡傳書。

【折桂令】紅唱 那吃敲才怕不口里嚼蛆，那厮數黑論黃，惡紫奪朱。俺姐姐更做道軟弱囊揣，怎嫁那不直錢人樣㺍駒。你個東君索與鶯鶯做主，怎肯將嫩枝柯折與樵夫。那厮本意囂虛，將足下虧圖，有口難言，氣夯破胸膛。紅云張先生你若端的不曾做歹揹呵，我去夫人跟前一力保

照○來○有○一○等○沒○行○止○的○秀○才○急○得○狠○

你等那廝來你和他對證、紅對夫人云張生並不曾人家做女壻都是鄭恒說謊等他兩個對証夫人云既然他不曾呵等鄭恒來對證了再做話說本上云昨接張生不遇今在老夫人宅中、老僧一逕到夫人那里慶賀、這門親事當初也有老僧來老夫人沒主張聽人言語、便待要與鄭恒若與了他今日張生來却怎生本與生敘寒温科、本對夫人云夫人今日却知老僧的是張先生決不是那一等沒行止的秀才他如何敢忘了夫人況兼杜將軍是盟証如何悔得他這親事鶯云張生此一事必得杜將軍來方可

也。是。令。表。見。知。何。這。樣。毒

〔雁兒落〕（鶯唱）他曾笑孫龐眞下愚、論賈馬非英物、正授着征西元帥府、兼領着陝右河中路、〔得勝令〕（鶯唱）是咱前者護身符、今日有權術、來時節定把先生助、決將賊子誅、他不識親疏、啜賺良人婦、你不辯賢愚、無毒不丈夫、（夫人云）着小姐去卧房去者、（杜將軍上云）下官離了蒲關、到普救寺慶賀兄弟、就與兄弟成就了這門親事、（生見杜云）哥哥、小弟托哥哥虎威、偶中一舉、今者回來本待畢親、有夫人的侄兒鄭恒來夫人行詭說小弟在衛尚書家作贅了、夫人怒欲悔親、依舊要將鶯鶯與鄭恒、道不得個烈女不更二夫。○便。是。不。是。個烈女麽（杜云此事夫人差矣君瑞也是禮部尚書之子況兼又得高第夫人云世不招白衣人今日反欲罷親與鄭恒莫非理上不順夫人云當初夫主在時曾許了鄭恒不想遇此一難虧張生請將軍來殺退賊衆老身不負前言欲招他爲婿不想鄭恒說道他在衛尚書家做了女壻也因此上生怒依舊許了鄭恒杜云他是賊心可知道誹謗他老夫人如何便輕信鄭恒上云打扮得整整齊齊的則等做女壻今日好日可捧羊擔酒過門走一遭

（眉批：好貨）

老面皮〇

生云鄭恒你來怎麼恒云苦也聞知大人回特來賀喜〇也遞御

杜云你這廝怎麼要睚騙人的妻子行

哯那個

好箇杜硬掣

西不好

也是个大奴人

不仁之事到我跟前有甚麼話說我聞奏朝廷誅此賊子

【落梅風】【生唱】你硬撞入桃源路不言箇誰是主被東君把你箇蜜蜂兒攔住不信呵去那綠陽影里聽杜宇一聲聲道不如歸去【杜云】那廝若不去呵祗候拿下者【恒云】不必拿小人自退親事與張生罷【夫人云】相公息怒赶他出去罷【恒怒云】罷罷罷妻子被人耍了有何面目見江東父老要這性命怎麼不如觸樹身死妻子空爭不到頭風流自古戀風流三寸氣在千般用一旦無常萬事休【下】【夫人云】可憐可憐俺不曾逼死他我是他親姑娘他

不濟也勢利

批　做官的說說做官話了醜也不

又無父毋我做主奏了者着喚鶯鶯出來今日做個慶賀的茶飯着他兩口兒成合者（鶯鶯紅上生鶯拜科）

【沽美酒】（生唱）門迎駟馬車戶列八椒圖四德三從宰相女平生願足托賴衆親故

【太平令】（衆唱）若不是大恩人拔刀相助怎能勾好夫妻似水如魚得意也當時題柱正酧了今生夫婦自古相女配夫新狀元花生滿路

【錦上花】（生唱）四海無虞皆稱臣庶諸國來朝萬歲山呼行邁義軒德過舜禹聖策神機仁文義武朝中宰相賢天下庶民富萬里河淸五穀成熟戶戶安居處處樂土鳳凰來

儀麒麟屢出、

【清江引】（生鶯唱）謝當今盛明唐聖主，勑賜爲夫婦，永老無別離，萬古常完聚，願普天下有情的都成了眷屬。

【隨尾】（衆唱）則因月底聯詩句，成就了怨女曠夫，顯得那有志的君瑞能，無情的鄭恒苦、

詩曰

幾謝將軍成始終、　還承老母阿誰翁、

夫榮妻貴今朝是、　願效鴛鴦百歲同

總批　不得鄭恒來一攪，反覺得沒興趣

又批　讀水滸傳不知其假，讀西廂記不厭其煩，文人從此

悟入思過半矣、

又批　嘗讀短文字、却厭其多、一讀西廂曲、反反覆覆、重重疊疊、又嫌其少、何也、何也、

又批　讀他文字、精神尚在文字裡面、讀至西廂曲、水滸傳、便只見精神、并不見文字耳、咦、異矣哉、

又批　或曰、作西廂者、鄭恒置之死地、毋乃太毒、我謂、謊謊學是非的、不死要他何用、又曰、鶯原屬鄭、獨不思張乃得之孫飛虎之手、非得之鄭恒也、若非杜將軍來救、鶯定爲孫飛虎渾家矣、鄭恒去向飛虎討老婆、少不得也是一个死、

北西廂記卷下　終

李卓吾先生批評蒲東詩

張楷著

夫人自敘

先夫不幸喪神京，欲返鄉閭路萬程。竹帛有功傳盛世，干戈無地卜佳城。行祠暫且居蕭寺，旅櫬終期葬博陵。子母孤孀寥寂甚，莫春天氣倍傷情。

夫人也。傷春。

夫人借寄

夫主神京近日亡，欲歸迢遞怯孤孀。遠携幼子來中道，特駕露輀到上方。不假秖園終卜葬，為求閒廡暫停喪。老禪若肯忻然諾，重荷深恩詎敢忘。

倒要和尚肯。

僧允寄柩

老和尚○ 肯了○ 牽○蘇○ 納○晚○涼○ 不○妨○只○ 不○要○燒○ 夜○香○ 不○要○吵○

良人久不到禪關擬沐天恩及早還只想信音來日下豈替香夢別人間悠悠雲水還家遠擾擾兵戈去路難若是院君無見外不妨停殯在荒山

夫人訓鶯鶯

淑女深閨正妙齡幼名親取作鶯鶯磨穿鐵硯非渠習繡折金針要爾成棠蕚聯芳中有弟蘭房獨秀上無兄先夫相國榮存日已把新婚許鄭生

又○ 厭

孤毋伶丁客異鄉那堪蕭寺寓西廂自宜閉戶藏春色不許開軒納晚涼旦夕可防僧出戶往來須避客焚香潛身

擬作還家計、待汝良人鄭伯常、

夫人訓歡郎

孤子歡郎數歲餘、成人未卜志何如、深期負笈趨師席、端擬傳家讀父書、今日喜看騎竹馬、他時榮望掛金魚、客途不暇三遷教、要奉親喪返故廬

夫人訓紅娘

堦前淑妾小紅娘、幼侍先夫歲月長、寒暑衣裳供澣濯、春秋黍稷奉蒸嘗、昔隨官守居京邸、今奉親喪返故鄉、應待他時終禫禮、爲求佳配許從良、

夫人又囑鶯鶯○一○發 厭

只管說嫁老公的話却不引動他的春心

雀

春雷尚未春色反到手了

真而死趣

深閨孤女聽慈言、不幸先君喪客邊、千里扶棺吾所事、三年服制爾當全、莫教懶惰居人後、要使行藏在毋先指日到家安厝畢、重尋舊約會前緣

那里省得許多

張生至蒲東

遠慕功名謁九重、獨携書劍過蒲東、心馳學海文林裏、路入花街柳陌中、未向棘圍陳治策、且投旅館寄行蹤、晨昏勵志溫經史、坐待春雷起蟄龍、

生遊普救

未臨科甲暫羈程、旅館淒涼動客情、不去蒲關尋故友、郤來蕭寺遇崔鶯、童趨苔徑開方丈、師坐蒲團問姓名、爲說

洛陽張氏子、山房欲借理遺經、

法聰見張生

遠蒙垂顧到禪關、一笑相逢邂逅間、陳榻久思延好客、韓荆今喜識台顏、遊追石上三生約、須盡山中半日間、冷淡家風如不厭、烹茶清話待師還。

只怕今師吃譜

冷。歸。回。來。恐。沒。三。天。待。客

張生語法聰

奔丕紅塵擾攘中、暫辭逆旅到禪宮、三生石上尋圓澤、千里馳心覓遠公、佛境客來無大吠、山房僧去有雲封、遲留愧我非王播、只恐闍黎飯後鍾、

無。大。吠。便。後。昬

法本見張生

老和尚
欵心一
見便思
対榻了

荷蒙青眼顧山僧慚愧空門失款迎何異香山遇居易絕
勝蓮社得淵明經旬亭上無人跡今日山中有客星煮茗
焚香謾相款與君對榻話三生

張生語法本

勝語

聨騎羸馬過曹溪特扣禪關不遇師落砌藤花無掛衲翻
經貝葉有題詩雲生漸失歸來處雨歇偏憐欲去時今日
相逢細有幸庭松摩頂見回枝

張生借寓

為鄉人
耳賊嘴

游宦情懷惡市廛獨來此地意欣然還辭故國家千里欲
就叢林屋數椽靜處再宜溫舊業閒中還可聽談禪尊師

若肯千金諾願罄行囊奉貲錢

法本荅張生

爲念先生客異鄉欵留行旅近西廂竹環牕戶琴書潤花壓闌干几席香紙帳靜園寒夜煖湘簾高捲暑天凉由來此地稀人蹟燈火何妨讀夜長

（不妨了）

（讀夜長三字不可刪）

鶯鶯潛遊

錦襉繡罷兩鴛鴦倚遍闌干覺晝長欲啓朱簾遊上刹暫開金鎖出西廂苔生嫩綠沿堦滑花落殘紅滿地香行過迴廊最深處風前停步謾徜徉

（有景）

（風前停步四字有致）

張生遇鶯鶯

畫不得的也畫出妙絕

妙人關他臉甚

曲闌深處見嬋娟素質娉婷出自然袖拂花枝籠玉笋步移苔砌露金蓮珮環聲漸歸前院蘭麝香猶襲後軒一見嬌姿情便切頓無心緒閑殘編

鶯鶯送目○妙人

妙妙

行過迴廊步暫停偶然花外見書生徘徊有意睇丰采邂逅無由問姓名苔徑往來遙送目蘭房歸去獨關情停針

有畫

獨坐支頤想交頸鴛鴦繡不成

張生憶鶯鶯

老面皮

一見花前窈窕娘追思無目不牽腸臨風端擬來庭户落月猶疑在屋梁若負今生偕老願定燒前世斷頭香悠悠

燈影搖書幌寂寞難禁此夜長、

鶯鶯憶張生○ 妙人

歸來常念昨逢人暗想丰姿記未真默坐似禁心上病含愁如失掌中珍悠悠自書情牽悵寂寂青宵夢入神幾對菱花强粧飾自然無趣度芳春

張生問法本

何處佳人出鏡臺衹園閒步立蒼苔臨風笑露芙蓉面賦雪矜誇柳絮才傾國儀容眞可羨惱人心緒者爲猜閒游底事無芳伴寂寞禪宮獨往來、

法本荅張生、

針線暇、立東風、六字是妙境

後四諸唯

佳人世系出河中、兵阻鄉開路不通、與弟遠扶嚴父柩隨
親暫寓梵王宮、遵循內訓由規矩、嫺婉深閨每聽從想是
日長針線暇、暫來簾外立東風
紅娘問齋期
曉承嚴命出蘭房、齋沐身心上講堂、稍整花鈿來座下、緩
停蓮步立師傍、謾傳特奉夫人命、欲參前停相國喪爲說
良因何日好要脩齋事薦先亡
法本告紅娘
若問修齋幾日消、正逢二五月明天廚開香積、修清供、經
誦琅函啓法筵、燈續蘭膏供夜照、幡裁雲錦伺朝懸、至暮

心兌曾涉來　唆　何不日野可疑

夫人和尚請　好丫頭　和尚自真　原可疑

莫待山僧報早請夫人聽講禪、

張生道紅娘

講堂談笑見嬌娃、體態行藏最可誇、淡淡翠眉分柳葉、盈盈丹臉襯桃花、綉鞋微步雙鈎玉、雲髻高盤兩鬢鴉、含笑與師談話處、香飄蘭麝襲袈裟、

張生問法本

適來堂上見嬌姿、敢問誰家此侍兒、底事藏羞䰟避我、緣何含笑却尋師、非因上刹輸誠欵、安得朱門見淑儀、寄命豈無僮僕輩、却令嬌妾致言辭、

法本荅張生

賊嘴難道
老面皮
也要如此粧腔

侍兒崔府小紅娘、若說河中是故鄉、游宦當年居上國、停喪今日寓西廂、考意欲薦離冥壤、齋事因詢到講堂、老衲無心忘色相、等閒來往有何妨、

張生抑紅娘

一見紅來有所求、願渠暫住問情由、芳卿坐臥誰同伴、阿毋交游孰與儔、相國靈輀何日舉、老禪齋事幾時脩、多情（淡中有味）昨夜相逢處、今日還來到此不、

紅娘抑張生

相國先因喪帝鄉、院君扶櫬此居孀、世承閥閱家聲振、操歷冰霜歲月長、淑女未嘗離內閫、閒人誰敢入中堂、先生

宰字在、漢宰字、有情。

誰問你來老面皮。

這丫頭咸很中四語千古至言。

休得輕相問圭毋聞之罪莫當、

又問紅娘〇 妙人

珙曾游宦寓京華親沒飃零路轉賖、挾策去攀蟾窟桂乘驂來玩洛陽花身爲四海風流客、系出前朝宰相家弱冠自慚婚未娶尚携書劍在天涯、

又抑張生〇 也妙

邂逅相逢不問君何須誇誕說緣因、公卿每見生田舍餓莩曾看出相門仕路不沾游藉客儒冠偏誤讀書人妾身自是良家子誰問無婚與有婚

紅娘告鶯鶯〇 原是妙人

妙妙

詩至此丕矣

再莫声有趣

死味

妙

趣

問罷修齋正欲行、忽逢季少一書生、躬趨閫外通鄉曲、久立堦前說姓名、疊疊再三伸客意、孜孜逐一問幽情、臨行又道深閨女、坦腹東床事敢成、

鶯鶯囑紅娘 妙人妙人

言辭非禮不須聽、囑付嬌娥再莫聲、怯病形骸羞比鶴、傷春心緒怕聞鶯、芳菲自惜花無主、眷戀應知蝶有情、料得此時詢女者、曲闌前日俏書生

鶯鶯述懷

傷心默默淚偷垂、滿腹幽情訴與誰、廢寢可能消夜永、惜花常是怕春歸、心慵倦整閒針線、腰瘦應寬舊帶圍、天氣

行思廢寢二語詩家上乘。

心痒二字益絕

困人渾似醉日長只與睡相宜

張生月夜挑吟

獨步花陰月滿庭悶懷何似致深情行思坐想人難見廢寢忘餐病易成舊卷展開無意讀新詩吟罷有誰賡欲眠又怕書齋靜倚遍闌干恨轉生

鶯鶯和韻

獨下樓來燒夜香忽聞吟咏隔西廂清音宛轉頻傾耳佳句溫柔欲斷腸默默聽來心倍痒寥寥賡罷興何長佇看明月移花影漸上闌干過粉墻

鶯鶯和罷言歸

應。　半。奩。丰。采四字妖。　賊。

和罷新詩月已西，歸來燈下獨幽頎，情懷易向胸中得，錦字難將紙上題。香斷不堪添寶鴨，被寒難寐聽隣雞，托身渾似庭前竹，挺節何時得鳳栖。

不妍

夫人修齋事

孤孀子毋寄叢林，路僻停喪歲月深，哀感未能全大孝，脩齋聊欲展微忱，天花雨墜飄幡影，貝葉風翻奏梵音，堦下嬌娥啼泣處，半奩丰采動禪心。

張生求附薦

父母俱亡已數春，哀哀無地報深恩，音容痛惜歸泉壤，涕水欣逢喜法門，時采蘋蘩誠意切，日傾葵藿敬心存，齋

[illegible]是象家断魂

願仗尊師力、幸與雙親得返魂、

生拜見夫人

系出留侯寓洛陽、雙親不幸已云亡、田園散落家千里、書劍飄零客四方、未挾風雲登仕路、暫溫經史宿僧房、近聞

真至誠

閣下修齋事、欲效芹誠恐未遑、

生再見鶯鶯

一見嬌姿話未終、多情天遣又相逢、只疑弱水無船渡、誰料仙源有路通、素服似非前日貌、淡粧猶勝舊時容、珮環

句奇

聲細金蓮小、來往香烟燭影中

生道鶯鶯

結句勝絕

勝也不俗

設罷香齋化紙錢，佳人躃踊哭靈前。淚流粉面花含露，香撲蛾眉柳帶烟。誠意上能通碧落，孝心下可達黃泉。道場事畢空回去，月落鷄啼欲曙天。

軍圍普救

重圍普救索鶯鶯，威逞軍前諭衆僧。不慕相門財敵國，爲求淑女色傾城。敢違法令須焚寺，肯諾和親便退兵。聽罷夫人魂欲斷，要求排難請張生。

夫人求生解圍

兵圍無計可藏身，特請先生細講論。顛沛倘能全大節，平安端不負深恩。一時俱免儸儸寨，千載羞慙將相門。君肯

信

傾心排此難、願將孤女結爲婚、

生允諾夫人

对机会

欲退兵圍計不妨蒲關元帥舊同窓往年下榻留前席、令曰分觧鎮此邦能使雄兵隨簡至便教逆虜倒戈降、白登

雄

解罷風塵息要與嬌娥並作雙

生奉白馬將軍書

不是对 欠心重 竟不說 出

別後區區在客邊路逢飛虎寇蒲川羣兇不仗君袪掃、一介何由得保全行李暫投蕭寺里露緘遙寄將臺前契兄

萬一無忘舊早爲興師解倒懸

鶯鶯喜生獻計 妙心

白虎紅鸞天巧

真正

求全無計欲求親，誰想張生有故人。排難解施囬死力，扶危能建再生恩。只知白虎成凶曜，豈料紅鸞是喜神。但願此行天作配，筆尖橫掃五千人。

白馬解圍

好嫌人

交誼情深敢固辭，一緘書到便興師。指揮萬騎來當日，笑解重圍在片時。始信文章終有用，方知天地本無私。多情四海風流客，際會風雲卻有期。

夫人背盟

老乞婆可恨

賊退伽藍已獲寧，盡堂開宴謝張生。深施厚禮言酬德，滿捧香醪為歷盞。不命侍兒呼姊丈，故令淑女拜尊兄。誰知

要怨

到此夫人意、遂負深恩背舊盟、

鶯鶯勸生酒、

悶含愁思捧金卮故問慈親此勸誰意欲滿斟猶減淺情

當苦勸又支離、明知學士思求配暗怨夫人忘解圍抱祭

張生佯作醉沉吟不飲再三辭

張生怨夫人

緬懷曾許配雄雌誰料夫人致意辭强健便忘臨病日、平

安不想解危時、徒施計策身羈此枉費工夫念在茲自是

孤眠書舍靜、一番愁怨一番思、

生悶回書舍

真可恨

個是个軍師

酒闌歸寢已更深寂寞書齋思不禁爐冷芸香燈半滅窓移花影月將沉正思淑女從茲配誰想夫人背此心一自海棠初放後幽情牽引到于今

生訴語紅娘

未向尊堂訴此情先須取便達芳卿當時患難思張珙今日平安說鄭生顒望客中成配偶終期天上覓功名誰知盡破夫人誤兩事都無一事成

紅獻策與生

姻事終須與你成特將奇策獻先生可携琴向風前操要遣鶯來月下聽玉軫譜調離恨譜冰絃須作斷腸聲芳卿

你也何云不知音

張生也情願作琴童了

有態

最是知音者一訴胸中必動情、

張生祝琴

掃石焚香對碧空謹將心事祝絲桐欲醉錦帳三生願須仗冰絃一奏功遊客不來明月下美人應在粉墻東清聲好逐風飄去吹入知音兩耳中

鶯鶯祝月

抛擲金針離繡床謾舒纖手浴蘭湯款燒寶鴨爐中火重整青鸞鏡裡粧珠箔捲餘開綺戶羅衣更罷出蘭房曲闌干外移時過笑剔銀燈照海棠

鶯鶯聞琴

逼。真。知。音。

晚逐嬌紅倚曲闌、絳紗籠燭半、燒殘、始排香案、風前拜、忽聽絲桐月下彈、哀似離鸞求別鳳、清如流水瀉高山、暗疑多是張君瑞訴盡幽情宛轉間。

鶯鶯回房抱悶

有。盃。

倚闌聽罷思綿綿、猶想書生最可憐、難把幽情傳翰墨、故將離恨托冰絃、還疑好事生心上、常惹餘音到耳邊、默坐躊躇千萬種、銀缸挑盡不成眠

鶯鶯染病

真。真。

身被兵圍已不寧、至今夜重日還輕、從聯詩後餐應減、自聽琴來病轉生、腦粉嬾施因臉瘦、雲鬟慵整爲心驚、謾勞

○含○已○之田而○芸田之○火○痴丁頭

○中○二○語漸近自然他要錦纏頭做思

慈母調湯藥、難治懨懨脉脉情、

紅令生寫簡

鶯鶯連日病纏身、多是情懷爲念君、失意不須愁間隔、緘書還可致殷勤、謾勞客舍躭風月、好向陽臺會兩雲、此去桃源應有路、管教仙子遇劉晨、

生央紅遞簡

一緘書信已潛修、長跪紅前特請求、俺步感蒙來客舍、勞心煩遞到妝樓、切須致意多申覆、更乞回音少滯留、異日得成秦晉約、泊酧當贈錦纏頭

紅娘遞簡

賤。　强盜。　若要不知除非莫為痴　痴

聞道芳卿疾未瘳、與生遞簡到妝樓、秋波偷向屏間覷春
信潛從案上投步欲下梯言去也手先攀幔問安不誰知
進退嬌紅意一片幽情在念頭、

鶯鶯詰紅娘

趄尋湯藥倚妝臺、忽見情詞責賤才何處與人通信至幾
時教你遞書來只因强虜行無禮、可奈賢兄也美乖、不是
有恩施往答、此緘應送浣君開、

鶯書簡尾遺生

就書簡尾寄多才、寫罷重封出鏡臺、紙上叙情題我意、詩
中藏謎請君猜、焚香待月簾高捲、倚檻迎風户半開、撩亂

此不要作准了

粧腔

隔墻花影動，夜深疑是玉人來

張生喜約

覓得鶯書喜謝紅，對紅含笑就開封，筆飛兎穎直連艸墨灑鸞箋淡復濃，情掀雨雲過晉約，詩聯珠玉邁唐風，玉人待月西廂下，似許今宵夜裏逢，

鶯怒責張生

相府家聲世所誇，妾身貞潔玉無瑕，院君相待情何厚，兄妹論交義不差，只可晨昏居客邸，豈宜黨夜入人家，此情若到官司論，應是非姦作賊拿，

差　些　难

生悶歸書房

滯貨。

總來不如你椅井中一點水兒妙。

極巧極可厭

幽情欲訴竟羞顏，佇立蘭房進退難。神女不容來楚岫，襄王空自到巫山。潛踪躡跡風前去，淚眼愁眉月下還。寄簡聽琴都忘卻，悶回書館淚潺湲。

鶯鶯問生病

慈親行坐不相離，因此匆匆探望遲。今日交情君已見，向時來意妾深知。功名休歎無成日，姻婭終須有會時。舊得秘方曾有驗，付紅抄記與凡醫。

鶯鶯寫藥方

良方欲寫已情濃，暗合盧醫切脉功。知母性溫當遠志，檳榔心熱可防風。紫蘇豆蔻兼龍腦，滑石當歸有木通。枳實

使君修合處杏仁酸棗麥門冬

紅與鶯遞簡

又來了

特報佳音到客齋解元應自且開懷休疑向日情無准須信今朝事必諧宜把琴書先打疊好將衾枕謾安排佳期只在黃昏後莫待銀蟾上綠槐

生喜得鶯書

莫非又

說謊可

危可色

晨昏懸望眼睜睜一見鶯緘喜不勝渾似異鄉逢故友宛如金榜得科名信傳定約心增癢病散沉痾體頓輕看罷潛收羅袖裡掃門今夜接芳卿

倩

紅携衾枕與生

行雨行雲窈窕娘，晚攜行旆到西廂。臺燒銀燭人初靜，月濤朱簾夜未央。珊枕暖融脂粉膩，繡衾清噴麝蘭香。今宵穩遂風流願，付與東君自主張。

鶯鶯潛出

整罷衣裝待月明，喚紅爲伴出中庭。花前喜見彈琴客，廊下愁逢施食僧。窄窄綉鞋行去穩，盈盈羅襪步來輕。側身轉過荼蘼架，只恐枝間宿鳥驚。

生與鶯解衣○樂

繡衾熏罷麝蘭烟，笑入行窩小洞天。錦被展開紗帳裡，銀釭移過畫屏前。解開羅帶香微噴，卸下金釵髻半偏。好似

㸒

銀釭句可㸒

太眞初出浴霓裳未着在温泉

張生拭新紅〇朵

佚宕不可言

顛鸞倒鳳盡幽歡倦倒芳卿睡正安輕揭繡衾推枕起偷將羅帕剔燈看半方素練温猶軟一點鮮紅濕未乾春色溶溶無可比宛如猩血染成丹

紅促鶯歸

知趣

笑立燈前款款催夜深專待出羅幃莫躭久樂宜先起便整殘粧趁早歸堂上恐妨親睡覺憁前倘有客來窺休嫌侍妾頻相喚月轉花陰好幾回

夫人窺鶯鶯

長是過求人老

閒看刺繡立閨門、窺見鶯鶯態度新、宛轉語言多恍惚、輕盈丰采倍精神。梅開想是曾經雪。柳綻應知已破春。事有

何必問只消自家懲

可疑心不穩、喚紅從實問來因、

夫人詰紅娘

此情無可別疑猜、勾引都因小賤才、早上綉鞋因甚濕。夜

既知何必問

間金鎖是誰開。可教鶯去投書院、却使生潛入鏡臺、始末根源何處起、從頭與我說將來、

紅道老夫人

是大是過也不

此情何必苦追求、說起夫人亦自羞、尚想未沉舟可補、當思已覆水難收、鶯雖小過宜寬恕、生有深恩合謝酬、謗語

好个月下老停當。甚停當。

纔是个老夫人。

是大是。

分明須記取元來女大不中留、

紅勸老夫人

張生才貌世無如、恭儉溫良德有餘、自是吾家先相國、況兼伊父舊尚書。兩門冠蓋應相配。百歲姻緣定不殊。非是紅娘喬議論。可將淑女配鴻儒。

老夫人自解

欲喚紅來決是非、家聲猶恐外人知、多時自信還疑惑、幾度將詢又忸怩、誰想路遥夫喪早、自憐身老女婚遲、從今往事都休論、聽取成親不負期、

紅喚生成親

好

夫人今日欲酧恩、特請先生與結婚、蕭史謾逢秦弄玉、相如初見卓文君、早趨羅綺新花燭、重整陽臺舊雨雲、從此深閨愛風月、画堂朱戶不關春。

紅請鶯成親

院君相請效鸞凰、徃事都知却不妨、莫倚綉床思舊約、好臨明鏡理殘妝、門闌溢氣開芳宴、花燭交輝滿画堂、鼓合瑟琴當此夕、早移蓮步出蘭房、

鶯生重相會

洞房相見不勝歡喜、有文簫會彩鸞、花燭影搖燃夜永、管絃聲細咽春寒、流蘇帳裡情難盡、合巹杯中酒易乾、結髮

燃夜永 咽春寒 妙甚

丞

老夫人忒不知趣

已成偕老願、百年惟願兩平安

張生赴科場

燕爾新婚席未溫、又催科甲覲楓宸、當時指望身榮已、今日番成學誤身、去去欲辭情莫盡、行行猶執手難分、遥知別後相思處、夢繞巫山頂上雲、

夫人送張生

遠送行裝至短亭、酒酣臨別又叮嚀、畫眉不必追張敞、題柱應須繼長卿、天府九重宜早到、雲霄萬里莫遲行、丹墀對罷三千字、好寄佳音慰我情、

法本送張生

和○尚○伽○知○他○苦○處○　盛○

雨歇新涼報早秋、山僧送客上皇州、十年燈火成奇策、萬里江山入勝遊、壯志豈能淹驥足、魁名終許占鰲頭、承恩賜罷瓊林宴、早返征鞍莫滯留、

鶯鶯送張生

新婚燕爾效于飛、無奈功名遽遠離、意未舉盃斟別酒、手先執袂問歸期、荒村雨露宜眠早、野店風霜要起遲、囑罷不禁分手處、幾回腸斷淚交頤、

張生別鶯鶯

臨行携手遽分離、又把離情兩地關、寒暑遇時宜保護、晨昏讀罷任幽閒、青鸞有信頻須寄、金榜無名誓不還、自是

舊東西一些趣沒有的

丈夫非乏淚此行不灑別離間

生出蒲東

蒲關翹首望京華疊疊雲山去路賒歲晚馬遲人意懶霜

寒風急雁行斜長天一色連秋水孤鶩齊飛伴落霞日莫

淡中有味

欲投村店歇停鞭林下問人家

生夢鶯鶯

孤燈吹罷恨朦朧忽夢鶯來旅店中丰彩儼然平日似情

懷仍與舊時同匆匆離恨愁難盡數數歸期話未終恠殺

妙

隔墻鷄唱曉驚回依舊各西東

生入科場

將就

遠挾琴書上帝畿、觀光猶喜入金闈、聲傳萬歲龍顏悅、班
列千官虎拜齊、五色未裁天上詔、六經先試御前題、文章
已重鼇頭選、出步彤庭日未西

鶯鶯憶生

桂花開遍又山丹、人去天涯尚未還、卦演金錢常問卜、淚
沾羅袖每偷彈、夢回蝴蝶清宵永、綉罷鴛鴦白晝閒、倦倚
幃屏無箇事、只將心事問丫鬟

屁

生寄鶯書

秋暮分攜直至今、承恩叨沐五雲深、已看姓字題金榜、又
喜文章入翰林、一旦已酬觀國志、十年不負讀書心、歸遲

吹喜句 自在

五更一
日絕勝

又恐芳卿念頭托征鴻寄好音

鶯得生書

畫眉人去不勝愁盡日凝妝嬾下樓忽見書來封鴈足始知君已占鼇頭一緘情淚香猶濕滿紙春心墨尚流看罷情懷心自想悔教夫壻覓封侯

張生病長安

春病懨懨命若絲那堪久客寓京師五更歸夢三千里一日愁懷十二時妙藥有方醫雜症靈丹無効治相思芳卿安得能來此訴盡離情久不遺

鶯寄生衣

老婆巳嫁了別人了

久思夫壻客長安遠寄行裝事幾般向操瑤琴絃已舊昔吹斑管淚初乾春衫孰與論長短羅襪誰爲試窄寬裁罷欲縫心暗想獨停針剪剔燈看

生喜得鶯書

書寄芳卿日已深寄書人返得回音謾看整點將來物方見相思別後心實帶羅衣兼綉襪玉簪斑管與琵琴收歸盡向牀前放讀罷鸞緘喜不禁

鄭恒求配

兵戈兩地惜分離今日相逢幸有餘排難愧無匡救力平安喜得寄來書特當二月喪宜舉孝盡三年服可除到此

不適

以親戚對賊兵亦有意蓋親戚都是賊耳敗兵

欲求秦晉約姑娘未審意何如、

夫人答鄭恒

向日扶棺此暫停、忽逢飛虎索鶯鶯、路遥何處尋親戚、事急無人退賊兵、排難偶求張學士、傳書深感惠明僧、遥邀故友來相救、將你新婚許此生、

鄭恒謗張生

近來聞說是張生、曾見今科榜上名、官拜翰林初出仕、姻求衛宅已親迎、可憐學士無行止、堪嘆姑娘枉志誠、料得受恩深處好、藁砧安念舊時情、

賊　也停當

張生衣錦歸

來。了。郎。生。奈。何。　㕁。　夫。人。輕。听。

恩波新沐氣昂昂、晝錦榮歸耀故鄉、雙珮朝天辭北闕。一
鞭指引望西廂、別來偏覺風霜久、歸去寧辭道路長、馬上
到家春正好、錦衣猶帶御爐香

張生拜夫人

拜罷夫人啓繡幃、堦前鵠立久嗟咨、向時雅意欣招我、今
日尊顏惱爲誰、壯志每期榮晚節、寸心終擬報春暉、自離
普救㕁京邸、非禮纖毫不敢爲

夫人詰張生

聞汝長安別繼親、魏魏尚書女已妻君、自從別後常無信、事
聽傳來頗有因、不惜浪遊輕薄子、秖緣駝閣少年人、幾回

欲便違前約，又更躊躇恐未真。

張生答夫人

别來身若坐針氊，苦志功名奮向前。金榜偶題新姓字，香閨敢忘舊姻緣。帝城車馬人如蟻，客路風光日似年。豈有閒心戀花酒，尊堂何必聽流言。

鶯見張生

閒看雕簷燕哺雛，日長消遣綉工夫。忽聞得意人方到，頗覺相思病已除。乍見情懷渾似舊，稍疑丰釆不如初。多時欲把情懷訴，及至相逢一句無。

太守鞠鄭恒

明府 太守太 偏 俗

龍鍾堂上老夫人與你家爲有服親、只許生鶯成伉儷豈
容兄妹結婚姻、百年相國身雖沒三尺朝廷法更新、汝可
早歸求別偶免教羈罪辱儒紳、

鶯生敘舊

兩年游宦客京師、得意歸來有所思、重整洞房花燭夜方
題金榜掛名時、門迎車馬人如蟻戶列笙歌酒若池光耀
盡堂榮晝錦、風流端的是男兒

生鶯赴任

夫婦之官喜不勝、相親相近誤同行郵亭楊栁風初暖驛
路桃花雨正晴。塵浥沙堤車蹟穩艸鋪官道馬蹄輕生鶯

此際情無限、一代風流萬古名、

總評蒲東詩、大是學究伎倆、然中間頗有神到之語、所云低碁也有神仙着、非乎、嘗欲再爲之正、恐埋没好題目耳、不識騷壇還有同心否、

李卓吾先生批評蒲東詩　終

李卓吾批評蕭東詩六卷之　三十二

千古至言、眞語實話。

李卓吾先生批評會眞記

唐元稹微之譔

唐貞元中、有張生者、性温茂。美丰容。内秉堅孤、非禮不可入。或朋從遊宴、擾雜其間、他人或洶洶拳拳、若將不及、張生容順而已、終不能亂。以是年二十二、未嘗近女色。知者詰之、謝而言曰、登徒子非好色者、是有淫行耳。余眞好色者、而適不我值。何以言之、大凡物之尤者、未嘗不留連於心。是知其非忘情者也。詰者哂之。無幾何、張生遊於蒲。蒲之東十餘里、有僧舍曰普救寺。張生寓焉。適有鄭氏孀婦、將歸長安、路出於蒲、亦止茲寺。崔氏女、鄭婦也。張出於鄭

難道二見便報恩了

緒其親乃潔派之從毋是歲渾瑊薨於蒲有中人丁文雅不善於軍軍人因喪而擾大掠蒲人崔氏之家財產甚厚多奴僕旅寓惶駭不知所託先是張與蒲將之黨友善請吏護之遂不及於難十餘日廉使杜確將天子命以統戎節令於軍軍由是戢鄭厚張之德甚因飾饌以命張中堂坐之復謂張曰姨之孤嫠未亡提攜幼稚不幸屬師徒大潰寔不保其身弱子幼女猶君之生也豈可比常恩哉今俾以仁兄禮奉見冀所以報恩也命其子曰歡郎可十餘歲容甚溫美次命女曰鶯鶯出拜爾兄活爾久之辭疾鄭怒曰張兄活爾之命不然爾且擄矣能復遠嫌乎久之乃

妙人

至常服晬容不加新飾鬟垂黛接雙臉斷紅而已顏色豔
異光輝動人張驚爲之禮因坐鄭傍以鄭之抑而見也凝
睇怨絶若不勝其體者問其年紀鄭曰今天子甲子歲之
七月於貞元庚辰生十七年矣張生稍以辭導之不對終
席而罷張自是惑之願致其情無由得也崔之婢曰紅娘
生私爲之禮者數四乘間遂道其衷婢果驚沮潰然而奔
張生悔之翌日婢復至張生乃羞而謝之不復云所求矣
婢因謂張曰郎之言所不敢言亦不敢泄然而崔之族姻
君所詳也何不因其德而求娶焉張曰予始自孩提性不
苟合或時紈綺閒居曾莫留盼不謂當年終有所蔽昨日

這丫頭原不儇當

媚絕

似忒極亦是卽話

一席間幾不自持數日來行忘止食忘飽恐不能逾旦莫若因媒氏而娶納采問名則三數月間索我於枯魚之肆矣爾其謂我何婢曰崔之貞順自保雖所尊不可以非語犯之下人之謀固難入矣然而善屬文往往沉吟章句怨慕者久之君試爲諭情詩以亂之不然則無由也張大喜立綴春詞二首以授之是夕紅娘復至持采箋以授張曰崔所命也題其篇曰明月三五夜其詞曰待月西廂下迎風戶半開拂墻花影動移是玉人來張亦微喻其旨是夕歲二月旬有四日矣崔之東有杏花一樹攀援可踰既望之夕張因梯其樹而踰焉達於西廂則戶半開矣紅娘寢

媚甚 妖甚 胡然而天也胡然而帝也 是偷賊

於床生因驚之紅娘駭曰郎何以至張因紿之曰崔氏之箋召我矣爾爲我告之無幾紅娘復來連曰至矣至矣張生且喜且駭謂必獲濟及崔至則端服儼容大數張曰兄之恩活我之家厚矣是以慈母以弱子幼女見託奈何因不令之婢致淫泆之詞始以護人之亂爲義而終掠亂以求之是以亂易亂其去幾何誠欲寢其詞則保人之姦不義明之於母則背人之惠不祥將寄於婢妾又懼不得發其眞誠是用託短章願自陳啟猶懼兄之見難是用鄙靡之辭以求其必至非禮之動能不愧心特願以禮自持毋及於亂言畢翻然而逝張自失者久之復踰而出於是絕

大是奇事不有見却一會至此又從趣矣

望數夕張君臨軒獨寢忽有人覺之驚欻而起則見紅娘斂衾携枕而至撫張曰至矣至矣睡何為哉設衾枕而去張生拭目危坐久之猶疑夢寐然脩謹以俟俄而紅娘捧崔氏而至至則嬌羞融冶力不能運肢體曩時端莊不復同矣是夕旬有八日也斜月晶熒幽輝半床張生飄飄然且疑神仙之徒不謂從人間至矣有頃寺鐘鳴天將曉紅娘促去崔氏嬌啼宛轉紅娘又捧之而去終夕無一言張生辨色而興自疑曰豈其夢邪及明覩粧在臂香在衣淚光熒熒然猶瑩於裀席而已是後又十餘日杳不復知張生賦會真詩三十韻未畢而紅娘適至因授之以貽崔氏

婚殺　大妖

自是復容之朝隱而出莫隱而入同安於曩所謂西廂者幾一月矣張生常詰鄭氏之情則曰知不可奈何矣因欲就成之無何張生將之長安先以情諭之崔氏宛無難辭然而愁怨之容動人矣將行之再夕不復可見而張生遂西下數月復遊於蒲舍於崔氏者又累月崔氏甚工刀劄善屬文求索再三終不可見張生往往自以文挑之亦不甚覩覽大略崔之出人者藝必窮極而貌若不知言則敏辯而寡於酬對待張之意甚厚然未嘗以詞繼之時愁豔幽邃恒若不識喜慍之容亦罕形見異時獨夜操琴愁弄悽惻張竊聽之求之則終不復鼓矣以是愈惑之張生俄

以文調及期又當西去當去之夕不復自言其情愁嘆於崔氏之側崔已陰知將訣矣恭貌怡聲徐謂張曰始亂之終棄之固其宜矣愚不敢恨必也君亂之君終之君之惠也則沒身之誓其有終矣又何必深感於此行然而君既不懌無以奉寧君嘗謂我善鼓琴嚮時羞顏所不能及今且往矣既君此誠因命拂琴鼓霓裳羽衣序不數聲哀亂不復知其是曲也左右皆歔欷崔亦遽止之投琴泣下流連趨歸鄭所遂不復至明旦而張行明年文戰不勝遂止於京因貽書於崔以廣其意崔氏緘報之辭粗載於此曰捧覽來問撫愛過深兒女之情悲喜交集兼惠花勝一合

世上有如是女子乎世上有如是文章乎

口脂五寸致耀首膏唇之飾雖荷殊恩誰復爲容覩物增懷但積悲歎耳伏承使於京中就業進修之道固在便安但恨僻陋之人永以遐棄命也如此知復何言自去秋以來常忽忽如有所失於諠譁之下或勉爲語笑閑宵自處無不淚零乃至夢寐之間亦多叙感咽幽離之思綢繆繾綣暫若尋常幽會未終驚魂已斷雖半衾如暖而思之甚遥一昨拜辭倏逾舊歲長安行樂之地觸緒牽情何幸不忘幽微眷念無斁鄙薄之志無以奉酬至于始終之盟則固不忒鄙昔中表相因或同宴處婢僕見誘遂致私情兒女之情不能自固君子有援琴之挑鄙人無投梭之拒及

悲而不怨

奇絕我不能禁矣

薦枕席義盛意深愚幼之心永謂終託豈其既見君子而不能定情致有自獻之羞不復明侍巾櫛沒身永恨含歎何言倘仁人用心俯遂幽劣雖死之日猶生之年如或達士略情捨小從大以先配爲醜行謂要盟之可欺則當骨化形銷丹誠不泯因風委露猶託清塵存沒之情言盡於此臨紙嗚咽情不能申千萬珍重珍重千萬玉環一枚是兒嬰年所弄寄充君子下體所佩玉取其堅潔不渝環取其終始不絕兼亂絲一絇文竹茶碾子一枚此數物不足見珍意者欲君子如玉之貞俾志如環不解淚痕在竹愁緒縈絲因物達誠永以爲好耳心邇身遐拜會無期幽憤

所鍾千里神合千萬珍重春風多厲強飯爲佳慎言自保無以鄙爲深念張生發其書於所知由是時人多聞之所善楊巨源好屬詞因爲賦崔娘詩一絕云清潤潘郎玉不如中庭蕙草雪消初風流才子多春思腸斷蕭娘一紙書河南元稹亦續生會眞詩三十韻曰微月透簾櫳螢光度碧空遥天初縹緲低樹漸葱朧龍吹過庭竹鸞歌拂井桐羅綃垂薄霧環珮響輕風絳節隨金母雲心捧玉童更深人悄悄晨會雨濛濛珠瑩光文履花明隱繡龍瑤釵行彩鳳羅帔掩丹虹言自瑤華圃將朝碧帝宮因遊洛城北偶向宋家東戲調初微拒柔情已暗通低鬟蟬影動廻步玉

詩如文，文如人，人又如詩如文，大奇大奇。

塵蒙轉面流花雪，登牀抱綺叢。鴛鴦交頸舞，翡翠合歡籠。眉黛羞頻聚，脣朱暖更融。氣清蘭蕊馥，膚潤玉肌豐。無力慵移腕，多嬌愛斂躬。汗光珠點點，亂髮綠鬆鬆。方喜千年會，俄聞五夜窮。留連時有限，繾綣意難終。慢臉含愁態，芳辭誓素衷。贈環明運合，留結表心同。啼粉流清鏡，殘燈遶暗蟲。華光猶冉冉，旭日漸曈曈。乘鶩還歸洛，吹簫亦上嵩。衣香猶染麝，枕膩尚殘紅。幕幕臨塘草，飄飄思渚蓬。素琴鳴怨鶴，清漢望歸鴻。海闊誠難度，天高不易衝。行雲無定所，蕭史在樓中。張之友聞之者，莫不聳異之。然而張亦志絕矣。稹特與張厚，因徵其辭。張曰：大凡天之所命尤物也，

俗極妙極

惡極

[illegible]恨。

刊底娘人。

不妖其身必妖於人使崔氏子遇合富貴乘嬌寵不為雲為雨則為蛟為螭吾不知其變化矣昔殷之辛周之幽據萬乘之國其勢甚厚然而一女子敗之潰其衆屠其身至今為天下僇笑予之德不足以勝妖孽是用忍情於時坐者皆為深嘆後歲餘崔已委身於人張亦有所娶適經其所居乃因其夫言於崔求以外兄見夫語之而崔終不為出張怨念之誠動於顏色崔知之潛賦一章詞曰自從消瘦減容光萬轉千迴嬾下床不為傍人羞不起為郎憔悴卻羞郎竟不之見後數日張生將行又賦一章以謝絕之曰棄置今何道當時且自親還將舊來意憐取眼前人自

一夥俗人。

是絶不復知矣。時人多許張爲善補過者矣。予嘗於朋會之中，往往及此意者，夫使知之者不爲，爲之者不惑。貞元歲九月，執事李公垂宿於余靖安里第，語及於是，公垂卓然稱異，遂爲歌以傳之。歌載李集中。

總批：嘗言大奸似忠，大詐似信。今又知大妖似貞矣。

又批：這便是鶯鶯像，又有甚麽鶯鶯像，俗哉！祝允明也陋哉陶宗儀也。

又批：末段只爲要文章正氣，勉强說道理，可恨可恨。元微之的是負心人也，豈獨負郎已哉，亦負會眞記矣。

李卓吾先生批評會眞記　終